D1879131

क़यास

उपन्यास

क़यास

उदयन वाजपेयी

राजकमल प्रकाशन

ISBN : 978-93-88933-45-2

मूल्य : ₹550

© उदयन वाजपेयी

पहला संस्करण : 2019

प्रकाशक : राजकमल प्रकाशन प्रा. लि.
1-बी, नेताजी सुभाष मार्ग, दरियागंज
नई दिल्ली-110 002

शाखाएँ : अशोक राजपथ, साइंस कॉलेज के सामने, पटना-800 006
पहली मंजिल, दरबारी बिल्डिंग, महात्मा गांधी मार्ग, इलाहाबाद-211 001
36 ए, शेक्सपियर सरणी, कोलकाता-700 017

वेबसाइट : www.rajkamalprakashan.com
ई-मेल : info@rajkamalprakashan.com

मुद्रक : बी.के. ऑफसेट
नवीन शाहदरा, दिल्ली-110 032

QAYAS
Novel by Uadyan Vajpeyi

इस पुस्तक के सर्वाधिकार सुरक्षित हैं। प्रकाशक की लिखित अनुमति के बिना इसके किसी भी अंश को, फोटोकॉपी एवं रिकॉर्डिंग सहित इलेक्ट्रॉनिक अथवा मशीनी, किसी भी माध्यम से, अथवा ज्ञान के संग्रहण एवं पुनःप्रयोग की प्रणाली द्वारा, किसी भी रूप में, पुनरुत्पादित अथवा संचारित-प्रसारित नहीं किया जा सकता।

अल्पना के लिए

आरम्भ

मुझे अलग-अलग पुस्तकालयों में बैठकर पढ़ने का शौक़ है। सालभर मैं कई शहरों में इसी कारण जाता रहता हूँ। पर मेरी सर्दियाँ अपने पुश्तैनी शहर में ही बीतती हैं। वहाँ का पुस्तकालय मेरा प्रिय है। इस बार सर्दियों में वह पूरे हफ़्ते बन्द रहा आया। दरअसल यह पुस्तकालय ही मुझे वहाँ खींच लाता है। मैं हर रोज़ सुबह पुस्तकालय की सीढ़ियाँ चढ़कर उसके बहुत बड़े-से दरवाज़े पर खड़ा हो जाता। दरवाज़ों के खुलने का वक़्त बीत जाता और वहाँ कोई नहीं आता। मैं सीढ़ियों पर बिखरे फीके प्रकाश में उस पुराने दरवाज़े पर जड़े ताँबे के बड़े-बड़े कीलों को देखकर नीचे उतर आता। बाहर हरे मैदान में कुछ ठिगने पर घने पेड़ लगे थे। पेड़ों को चारों ओर से हलके ऊन के नीले महीन रेशों की तरह कोहरा अपने में लपेटे रहता। वही घास के ऊपर लहराते हुए धूप को नीचे आने से रोके रहता मानो वह घास पर बिखरने के पहले ही कोहरे में सोख ली गयी हो। एकाध सुबह वह इतना घना हो उठता कि लगता आकाश ही नीचे सरक आया है और घास के तिनकों पर अपने स्पर्श के रेशे बिखेर रहा हो। मैं पुस्तकालय न जा पाने की उदासी को धूप की तलाश में खोयी घास पर छोड़कर वापस लौट जाता। एक सुबह अपने पुश्तैनी घर लौटते समय चाय के ठेले पर सुना कि पुस्तकालय के किसी विशेष व्यक्ति की मृत्यु हो गयी है। कितना ही विशेष क्यों न हो, किसी एक व्यक्ति के जाने से क्या इतने सारे दिनों के लिए पुस्तकालय जैसा सार्वजनिक स्थान बन्द किया जाता है? एक दिन बाद सुनने में आया कि उस विशेष व्यक्ति ने ही इस पुस्तकालय को शुरू किया था क्योंकि उसके आने के पहले वह दसियों बरस से बन्द पड़ा था। उसकी टूटी अलमारियों में बन्द पड़ी किताबों को दीमकों की जमातें कुतरने में लगी थीं। जब यह व्यक्ति यहाँ आया, इसने रात-दिन मेहनत की और इस निहायत पुरानी इमारत में बन्द पड़े पुस्तकालय की एक-एक पुस्तक को ठीक हालत

में लाया, उन्हें क़ायदे से सूचीबद्ध किया, पुस्तकालय के सीले .फ़र्श को तीन-चार महीनों तक रोज़ाना नीम के पानी से धुलवाता रहा कि उसमें बसे दीमक और अन्य कीटाणु सा.फ़ हो जायें और वह बैठने लायक हो जाये। शुरुआत में वह पुस्तकालय में अकेला ही बैठा पढ़ता रहता था। कभी कोई पढ़ने आ गया तो आ गया। समय लगा पर उसमें लोगों का आना बढ़ गया।

अजीब बात है कि मैं पिछले पाँच बरसों से हर सर्दी में यहाँ कुछ दिनों के लिए आकर पढ़ता हूँ पर मैंने उस भले मानुस को देखा तक नहीं। शायद यही इस पुस्तकालय के सुचारु संचालन का प्रमाण भी है : इसे चलाने वाले इसी में अदृश्य बने रहते हैं। उसके जाने के बाद क्या यह पुस्तकालय दोबारा उजड़ जायेगा? पूरा ह.फ़्ता बीत जाने के बाद जब वह फिर खुला, मैंने अन्दर जाकर देखा कि .फ़र्श से लेकर दीवारें और छत सभी बिल्कुल सा.फ़ हैं, लम्बी मेज़ों के चारों ओर हमेशा की तरह लगी कुर्सियों पर लोग बैठे अख़बार और पुस्तकें पढ़ रहे हैं। मुझे क्षणभर को भी यह नहीं लगा कि यहाँ से कोई दूसरे लोक में चला गया है। आख़िर यह कौन आदमी था जो जाकर भी नहीं गया? मरकर भी नहीं मरा?

क़यास

कुछ लोग कारों से, कुछ स्कूटरों से, कुछ पैदल गेट के भीतर आ रहे हैं। सभी के चेहरों पर उत्सुकता की हलकी-सी चमक है। डूबने को जाते सूर्य की लम्बी होती किरणें कार और स्कूटरों से उतरते लोगों की परछाईं को एकबारगी दूर तक फैला देती हैं। पैदल अपनी-अपनी लम्बी परछाइयों को लेकर ही वहाँ आ रहे हैं। लोगों की बातचीत को हवा में काँपती राग मारवा की धुन अपने में सोख रही है।

किशोर

अब वह लाइब्रेरी में भूत बनकर रहेगा। उसके रक़्स के बीच मण्डराता फिरेगा। वहाँ के फ़र्श पर धूल की तरह जमता रहेगा। वहाँ के मैले रोशनदानों पर धूप की तरह पड़ा रहेगा। पुराने परदों में मैल की तरह चिपका रहेगा। इसमें अफ़सोस कैसा? जो हुआ, ठीक हुआ। मैं तो जीते जी वहाँ कभी क़दम नहीं रखूँगा। कहीं साला अब भी धूल बनकर पैरों में न लिपट जाये। वे सीढ़ियाँ, वे गलियारे, वो बालकनी...। कैसे नोचकर मन से अलग कर दूँ, कैसे याददाश्त से पोंछ डालूँ वे किताबें! अब तो वैसे भी वहाँ किताबों के बीच चमगादड़ें घर बनाएँगी।

जो हुआ ठीक हुआ। बिल्कुल ठीक हुआ। इसके अलावा कोई गुंजाइश नहीं थी। ज़रा भी नहीं। ये नहीं कि वो सब होने की मुझे कोई ख़ास ख़ुशी हुई है, नहीं, नहीं, वह नहीं हुई है। चाहूँ भी तो कह नहीं सकता कि वह सब होने से मैं ख़ुश हूँ। चाहता ज़रूर हूँ कि उस सब के होने से ख़ुश होऊँ। हँसूँ और हँसता चला जाऊँ। हर दिशा को, हर ज़र्रे को अपने ठहाके से ढक दूँ। मैं चाहता ज़रूर हूँ कि जिससे मिलूँ, उसे गले लगा लूँ। अचानक ज़ोर-ज़ोर से हँसने लगूँ। जहाँ देखूँ, अपनी ही खिलखिलाहट बिखरी नज़र आये। अपनी ही हँसी के आईने में अपना मुस्कराता चेहरा दिखायी पड़े। मैं ऐसा चाहता ज़रूर हूँ। लेकिन कर नहीं पाता। इतना सारा चाहकर भी ख़ुश नहीं हो पाया। हाँ, इतना ज़रूर है, मैं दुखी नहीं। दुखी नहीं हूँ मैं। फिर-फिर कहता हूँ, दुखी नहीं हूँ मैं। न मुझ पर अफ़सोस की छाया है। उतनी भी नहीं जितनी उड़ती चिड़िया की छाया हरी घास पर अचानक पड़ती है।

उसका यही हश्र होना था। बिल्कुल यही। हाँ, हाँ यही हश्र होना था, इसके अलावा उसका हो भी क्या

सकता था? ऐसे लोगों का इसके अलावा होता भी क्या है? इसमें क्या ग़लत हुआ कि उसे अपना हश्र मिल ही गया। ऐसा ही उसके लिए लिखा था। वही लिखत जो कोई अलग से नहीं लिखता, जो पहले से लिखी रहती है और तुम उसमें चुपचाप समा भर जाते हो। वो भी समा गया। फिसला और फिसलता ही चला गया। ऊपर से ये कितना ही डरावना क्यों न लगे, भीतर से यही कितना ठीक मालूम देता है।

कोई मुझे कुछ भी कहे, ग़म मुझे वन्दना के भी फिसलने का नहीं। भले वो जीवन के बाहर न फिसली हो, जीवन में ही लड़खड़ा गयी हो, भले उसके चेहरे पर मेरे, मेरे ही क्यों, हम सब के लिए कैसी हिकारत, कैसा गुस्सा और दया एक साथ हो, भले उसकी बोली उसकी आँखों में पथरा गयी हो, मुझे उसके ऐसा होने का कोई ग़म नहीं। वो चली ही ऐसे रास्ते पर थी। अपने आप, बिल्कुल अपने आप मेरे और हम सब के बावजूद, वो चली ही ऐसे रास्ते पर कि उसे अपने बाहर फिसलना ही था। इसका मुझे क्या, किसी को भी क्या ग़म होगा।

सबको भोगना पड़ता है, वन्दो रानी, बड़ी सियानी, मेरी भतीजी हो तो क्या बच जाओगी? कौन है जो भोगता नहीं? कोई बचा है आज तक क़ुदरत की मार से जो तू बच जायेगी?

किसकी आँखों में ये नहीं था कि जो तू कर रही है, उसमें कितनी बेशर्मी है। कितनी बेशर्मी थी उसमें जो वो चुपचाप करती रही। मेरी और हमारी शान कैसी ताक पर रख गयी थी। वही शान जिसे मैंने बल्कि हमने तिनका-तिनका जमा करके बुना था। उसका क्या हुआ? कैसी तकलीफ़ें सहकर इस शहर में अपनी जगह बनायी थी। कैसी मेहनत। क्या मेरी बल्कि हमारी उस मेहनत का कोई मोल नहीं? मैं रेलगाड़ी में घण्टों खड़े रहकर कश्मीर जाकर केसर लाता था, फिर पूरा घर उसे दिनोंदिन बैठकर डिब्बियों में डालता था, तब जाकर वह बिकने लायक हो पाता था। वन्दना के लिए तो फ़िजूल ही था, वो सब का सब। उसने सोचा भी कैसे होगा कि वो वह सब कर सकती है जो उसने कैसी बेशर्मी से किया। हे भगवान, हमारे जैसा सीधा-सादा घरबार और वो, वह सब कर गयी। क्या एक बार भी हम उसके ख़याल में नहीं आये? क्या एक बार भी हमारे ये पुरखे उसके दिमाग़ में नहीं आये जो इतनी बड़ी-बड़ी दाढ़ी-मूँछ लगाये घर की दीवारों पर सालों से लटके हैं? क्या एक बार भी उसने ये नहीं सोचा कि उसके वह सब करने से मेरा बल्कि हमारा और उन पुरखों का क्या होगा? हम कहाँ छिपते फिरेंगे, कैसे बाहर आयेंगे इस शहर के लोगों के सामने?

क्या हमारे लिए उसकी कोई ज़िम्मेदारी नहीं थी? ज़रा-सी भी नहीं? क्या ज़िम्मेदार होना सिर्फ़ हमारे हिस्से आया है, उसके हिस्से ज़रा भी नहीं? नहीं, नहीं उसके साथ जो हुआ, वही होना चाहिए था। यही विधि का विधान है, यही विधि

का विधान होना चाहिए। मुझे इसका कोई ग़म नहीं। शहर के लोग मेरे साथ हैं, मेरे पुरखे मेरे साथ हैं, सूरज और तारे मेरे साथ हैं, देखो कोई भी मातम नहीं मना रहा, उसके लड़खड़ाने पर, कोई आँसू नहीं बहा रहा उसके गुमसुम हो जाने पर। सब कुछ अन्त में आकर वैसे ही टूटा जैसे टूटना था।

ओह! ये मेरी बाईं आँख, ये पनमेसरी क्यों फड़क रही है, ये मैं क्या बड़बड़ाए चला जा रहा हूँ और आख़िर क्यों ?

हॉल में फुसफुसाहटों के रेशे हर ओर उड़ रहे हैं। पिछला दरवाज़ा आधे से भी कम खुलता है और कोई मानव आकृति मानो उस खुली हुई जगह से फिसलकर भीतर आ जाती है। मंच पर एक ख़ाली कुर्सी छाया-सी डोलती लग रही है।

वन्दना

लो, वो आवाज़ खो गयी। दोबारा लौट गयी पत्तों की सरसराहट, क़दमों की थपथप में, बच्चों के रोने और औरतों के सिसकने में। वह वहीं लौट गयी, जहाँ से आयी होगी। मुझे कुछ भी न हुआ और वह खो गयी। जानती हूँ अब पत्तों की सरसराहट, क़दमों की थपथप; बच्चों के बिलखने और औरतों के सुबकने से उसे वापस लौटा लाना मुमकिन नहीं। अगर मैं किसी तरह इन सब जगहों से उस आवाज़ के एक-एक रेशे को वापस भी खींच लाऊँ तब भी उसे किस गले में बुनूँगी? बिना ताने-बाने के कैसे बुना जायेगा उस आवाज़ का वह बेहद महीन-सा कपड़ा जो मेरे सुनने पर रेशम की महीन चादर-सा फैल जाता था, हरसिंगार के फूलों की तरह। लेकिन फिर भी ये क्यों लगता रहता है कि चाहूँ तो ऐसा कर सकती हूँ। क्यों लगता रहता है कि कोशिश करूँ, मेरे हाथों अब भी ये हो सकता है जो दरअसल बिल्कुल नहीं हो सकता। शायद मेरी यही चाहना मुझे अपने भीतर अटकाये हुए है, पियराये पत्ते की तरह अपने इस मुरझाये शरीर की शाख पर। यही चाहना अटकाये रखती है हर टूटे-फूटे इनसान को पियराये पत्ते की तरह उसके मुरझाये शरीर की शाख पर, पल दो पल, साल दो साल। कौन जाने। पर मुझे पता है, यह चाहना छलावा भर है जीवन का, ख़ुद को आख़िर तक मेरे शरीर में जिलाये रखने का। कैसी निष्ठुरता से वो ख़ुद को बचाये रखने में मेरा इस्तेमाल कर रहा है। कैसी बेशर्मी से ये जीवन दौड़ता फिर रहा है मेरी रगों में, सिहर रहा है मेरी माँसपेशियों में, घुमड़ रहा है मेरे सपने में। मानो मेरे आगे कटोरा फैलाये मुझसे ख़ुद को बचाये रखने की भीख माँग रहा हो।

सुदीप्त ने ही मुझे बताया था, अपनी उसी बेहद धीमी-सी आवाज़ में, जब हम तालाब के किनारे की सीढ़ियों पर बैठे हरे पानी पर झिलमिलाते सूर्य की किरणों को ताक रहे थे, कम-से-कम उन दिनों रोज़ की तरह। उसी ने बताया था अपनी उसी आवाज़ में जो किसी गहरी गुफ़ा के दूसरे छोर से आती जान पड़ती थी कि उसकी माँ उसके दिवंगत पिता की आहट खोजती-खोजती न जाने कब अपने ही भीतर ग़ायब हो गयी किसी को पता ही नहीं चला। 'नहीं, नहीं' वह बोला था, 'वह मरी नहीं, सिर्फ़ अपने भीतर कहीं खो भर गयी थी और सबको लगा था कि वो चल बसी है। शायद इसी को चल बसना कहने का रिवाज़ हो। अपने भीतर कहीं ऐसी जगह खो जाना जहाँ से वापस न आया जा सके। दो बच्चों को उनसे छुटकारा पाने जंगल में छोड़ आया जाता है कि निस्सहाय पाकर जंगली जानवर उन्हें खा जायेंगे लेकिन वे बच्चे होशियार हैं और इससे भी अधिक वे जीवित रहना चाहते हैं इसलिए वे जंगल में जाते समय रास्ते भर सफ़ेद पत्थर डालते रहे और जब उन्हें वहाँ अकेला छोड़ दिया गया, वे उन्हीं सफ़ेद पत्थरों के सहारे वापस लौट आये। मौत के मुँह से जीवन की गिरफ़्त में वापस आ गये। हम इसी तरह सफ़ेद पत्थर रास्ते में गिराते हुए अपने भीतर खोते रहते हैं और वापस लौट आते रहते हैं। कितनी चतुराई से हम अपने में बार-बार खोने का स्वांग रचते हैं और बार-बार मानो अनायास ही वापस लौट आते हैं। पर कुछ लोग ऐसे भी होते हैं, बिल्कुल थोड़े, एकाध उसकी माँ के जैसे, जो बिना सफ़ेद पत्थरों के अपने भीतर जाते हैं, फिर लौटते नहीं। बचे हुए लोग जिन्हें लौटकर आने की आदत-सी पड़ गयी है जिन्हें लौटकर आना ही स्वाभाविक जान पड़ने लगा है, वे हलका-सा मुस्कराकर, हलके-से दुख से और गहरे आत्मसन्तोष से कहना शुरू करते हैं कि बेचारा लौट नहीं पाया। वे समझते हैं कि जो चला गया, वो अपने भीतर जाते समय लौटने का सामान साथ रखना भूल गया। लेकिन वे जो अपने को किसी भी क़ीमत पर बचाये रखने के अन्तहीन जाल में उलझे हुए हैं, यह कभी नहीं जान पाते कि उनके अपने भीतर जाते समय जीवन ने उन्हें बार-बार वे सफ़ेद पत्थर थमाने की कोशिश की थी जिससे वे वापस लौट आयें और जीवन एक बार फिर अपने को बचाने में सफल हो जायें लेकिन वे उन पत्थरों, उन अधूरी आकांक्षाओं, बीते समय की धड़कती इबारतों, उस लौटने के सामान को मानो अपनी मेज़ के कोने में ही छोड़ देते हैं और चले जाते हैं। अपनी मेज़ पर इसी तरह सफ़ेद पत्थरों को छोड़कर उसकी माँ उसके पिता की आहट की खोज में अपने भीतर खो गयी थी।

लेकिन मैं? मैं क्या करूँ? मैं जिसे अपने भीतर जाने के हर रास्ते पर उसकी मुस्कराहट खड़ी दीख जाती है। मुस्कराहट ही क्यों, ख़ुद वह खड़ा दीख जाता है और मैं अपने भीतर के अरण्य में खो जाने से हर बार चूक जाती हूँ और यह जीवन, पहाड़-सा जीवन, क्रूर जीवन मेरे शरीर में अपने डेरे की अवधि को चुपचाप बढ़ा

लेता है। इस बेवजह बचे जीवन में अब कँपकँपाहट भर गयी है और किशोर चाचा को लगता है, माँ को भी कि मैं होश में नहीं हूँ, बहक गयी हूँ। कोई आख़िर कैसे जानेगा कि कोने में अपने घुटनों पर सिर धरे इस लड़की को अपने भीतर जाकर गुम होने की राह नहीं मिल रही। इसमें किसी की कोई ग़लती नहीं। इन्हें पता ही कहाँ है कि जीवन अनजाने ही जोंक की तरह मनुष्य से चिपक जाता है और फिर तरह-तरह से उसे ख़ाली करता जाता है। ये कैसे पहचानेंगे कि मैं अपने भीतर जाने के एक दरवाज़े से दूसरे की ओर भागती हुई भटक रही हूँ, हर दरवाज़े पर उसके होने की हलकी-सी आहट मेरा रास्ता रोके खड़ी मिलती है। मुझे हर बार लगता है कि मुझे भ्रम हो रहा है लेकिन हर बार यह तब जाकर लगता है जब वह भ्रम मुझ पर अपना काम कर गया होता है। मैं दरवाज़े से पीछे हट गयी होती हूँ और दूसरे दरवाज़े की खोज में चल पड़ी होती हूँ। भ्रम की यही ताक़त है, वह अपने रहते भ्रम नहीं मालूम देता। बीत जाने पर अपनी सच्चाई खोलता है। यह सारी वास्तविकता भी क्या वैसा ही भ्रम है जो अभी बीता नहीं है। मुझे उसके होने का भ्रम होता है और मैं पीछे हट जाती हूँ। वह बीत पाये, इससे पहले ही मैं दूसरे दरवाज़े की ओर भागने लगती हूँ।

मैं कैसे बताऊँ मुझे अभी, ठीक अभी अपने सामने वह खड़ा दिखायी दे रहा है, उसने वही धारी वाली कमीज़ पहनी हुई है, वही नीला पैंट है, वही जूते हैं, मुझे बिल्कुल पक्का मालूम है कि ये सुदीप्त नहीं, उसकी छाया भी नहीं, सिर्फ़ जीवन का अपने को मेरे शरीर में किसी भी तरह बचाये रखने का क्रूर प्रयास भर है पर मैं ख़ुद से कैसे कहूँ कि यह वह नहीं। वही तो है!

फीके पीले उजाले में आवाज़ का एक धागा कुछ साफ़ सुनायी देता है, 'मैंने इस शो के बारे में बहुत सुना है।'

स्नेहा

मैंने वन्दना से पहले भी कहा था। पर उसने हँसकर टाल दिया था। जैसे मैं किसी नामुमकिन चीज़ का ज़िक्र कर रही होऊँ। 'मेरे चाचा और भाई ऐसा नहीं कर सकते, आख़िर वे उसके दोस्त रहे हैं', वह कहती थी। मेरे बार-बार यह कहने पर कि उसके चाचा और भाई वह सब सिर्फ़ इसलिए ही करेंगे कि वे उनके दोस्त रहे हैं और उन्हें लगातार लग रहा है कि उसने उनसे छल किया है, वह बोली थी, 'नहीं स्नेहा, यह उनके वश की बात नहीं है, वे उस पर हमला नहीं कर सकते, इसलिए नहीं कि वे उसके दोस्त रहे हैं, इतना मैं भी जानती हूँ, बल्कि इसलिए कि वे दुस्साहसी नहीं, कायर हैं। डरे हुए लोग हैं।'

कितना भरोसा था, वन्दना को, भले ही थोड़ा-सा, पर अपने चाचा और भाई के डरे हुए होने का, कैसा विश्वास उनके दुस्साहसी न होने का। वह यह देखने से चूक गयी कि कायरता ख़ुद को बचाये रखने कई बार दुस्साहसी भी हो उठती है। बहुत कुछ कर गुज़र सकती है। और फिर दोबारा अपने खोल में दुबक जाती है। वह यह देखने से चूक गयी कि कोई भी मानवीय भावना विशुद्ध नहीं होती। मुझे हमेशा ऐसा लगा कि वह विशुद्ध हो ही नहीं सकती, शायद इसलिए कि मैं हमेशा ही हर भावना से थोड़ी दूरी पर ही रही। मुझे डर कभी विशुद्ध मालूम नहीं दिया, उसमें मुझे हमेशा निडरता और आश्चर्य घुले-मिले नज़र आते रहे। हिकारत की भावना के किसी कोने में लगाव की चमक दिखायी देती रही, घृणा के ऊपर धुन्ध की तरह आकर्षण की सतह तिरती हुई अनुभव होती रही।

मैंने वन्दना को कितना कहा लेकिन उनकी कायरता पर उसे पूरा भरोसा था, शायद इसलिए कि वह हर

भावना को अपने प्रेम की तरह ही मानती थी : विशुद्ध। कौन जाने यह सच भी हो। प्रेम ही शायद एकमात्र विशुद्ध भावना है इसलिए नहीं कि उसमें दूसरी भावनाएँ होती नहीं। वे होती हैं बल्कि बाक़ी भावनाओं की तुलना में वे यहाँ कुछ ज़्यादा ही बड़ी संख्या में होती हैं पर वे सब की सब प्रेम में प्रवेश करते ही अपने रंग को छोड़कर प्रेम के ही रंग में रंग जाती हैं। अब क्रोध, क्रोध नहीं रह जाता प्रेम का ही अंग हो जाता है, डर, डर नहीं, प्रेम का ही एक अंग हो जाता है। क्या इसीलिए प्रेम में डूबी वन्दना को कायरता के किसी कोने में चुपचाप छुरा लिए खड़ा दुस्साहस दिखायी नहीं दिया ? मैं यह कह ज़रूर रही हूँ कि उसे दिखायी नहीं दिया पर सच ये है कि उसने उसे देखने की कोशिश नहीं की। यही उसे माकूल जान पड़ा। वह दिन-ब-दिन सिर्फ़ यही सोचती रही कि वह अगली शाम उससे मिलने कैसे जायेगी, वह अगली शाम उससे मिलने कहाँ जायेगी। कहीं वह मिलने की ठीक जगह और समय भूल तो नहीं गयी ? उसने सोचा तक नहीं कि किसी दिन कोई और दो शामों के बीच की रात में उससे मिलने की योजना बना सकता है। बिना उसके जाने, चुपचाप। इतने दिन बीत जाने पर भी आज तक यह पता नहीं चल सका कि किसने रात के अँधियारे में उसकी उन साँसों को अन्तिम रूप से गिन दिया था जिनके उतरने-चढ़ने में वन्दना ने अपना विस्तार देखा था।

किसी को शक है कि यह काम उसके चाचा और भाई का है लेकिन कोई भरोसे से नहीं कह सकता। पर ऐसे मामलों में शक ही कुछ उजास कर जाता है। कोई कहता है यह काम उसकी बीवी का है पर यहाँ भी कोई भरोसे से नहीं कह सकता कि ऐसा ही है। मुझे यह एहसास था कि वह भी सुदीप्त से गहराई से जुड़ी थी। उसकी आँखों में सुदीप्त के लिए लगाव ही दिखायी देता था। सुदीप्त से उसका जुड़ाव वन्दना से अलग ढंग का भले रहा हो, कम नहीं था। वह सुदीप्त के गहरे धर्म-बोध से उत्पन्न हुआ था। कुछ का कहना है कि यह काम वन्दना के चाचा और उसके भाई ने उसकी बीवी के साथ मिलकर किया है। उसी ने देर रात चुपचाप दरवाज़ा खोलकर उन्हें घर के भीतर आने दिया था और वे दबे क़दमों भीतर आकर वह कर गये जो करने की इच्छा उन्हें न जाने कितने दिनों से थी। लेकिन इन किन्हीं भी किस्सों पर किसी को भी पूरा भरोसा नहीं है। इसलिए भी नहीं कि यह सब को पता है कि उस रात उसके चाचा और भाई शहर में नहीं थे, वे अपनी दुकान के लिए कुछ सामान खरीदने जम्मू गये हुए थे और उसकी बीवी ने भी वह रात अपनी बीमारी के कारण अस्पताल में गुज़ारी थी। लेकिन लोगों का यह कहना भी है कि वे उसी रात जम्मू क्यों गये जिस रात उसकी बीवी अस्पताल में भरती हुई। या ऐसी रात ही मृदुला अस्पताल में भरती क्यों हुई जब वे दोनों शहर से बाहर गये हुए थे।

मैं जब इनमें कोई भी क़िस्सा सुनती हूँ, मेरा दिमाग़ उस पर विश्वास करने लगता है लेकिन जैसे ही वह अगले क़िस्से के सामने पड़ता है, उस पर वह विश्वास

मानो इस नये क़िस्से की आँच में पिघल जाता है। एक क़िस्से से दूसरे पर लगातार भागती हुई मैं कहीं टिक नहीं पाती। कभी मैं उसके चाचा और भाई को छुरा लिए देखती हूँ, कभी मृदुला को और बार-बार मैं ही उनके हाथों से इन छुरों को गिरते हुए देखती हूँ। कई बार मुझे इन सभी के हाथों में छुरा अटपटा लगता है, कई बार मुझे ही इनमें से हरेक के हाथ में ख़ून से रंगा छुरा बिल्कुल स्वाभाविक जान पड़ता है। मैं अपने शक को शतरंज के मोहरे की तरह उठाकर कभी किसी खाने पर रखती हूँ, कभी किसी पर और कभी-कभी ये पाती हूँ कि मेरा वह शक मेरे ही हाथों में अटका है और उसे रखने के लिए सामने कोई खाना ख़ाली नहीं है। तब मैं चीखकर उस अच्छे-बुरे शक को पत्थर की तरह हवा में फेंककर हलकी हो जाती हूँ। यह सच है कि ईर्ष्या में डूबकर मृदुला यह कर सकती थी लेकिन यह भी सच है कि वह यह केवल तब कर सकती थी जब उसकी ईर्ष्या उसे इतना अन्धा कर देती कि उसे कोई उपाय दिखायी नहीं देता। पर क्या वह सुदीप्त के अपने प्रति गहरे लगाव को जानती न होगी? उसके भाई और चाचा जैसे आत्म-मुग्ध लोग अपनी बेटी या भतीजी की ख़ातिर अपनी ज़िन्दगी जोखिम में नहीं डाल सकते। अपने आप से इतने प्रसन्न लोग किसी हालत में अपने को इस तरह के जोखिम में कैसे डाल सकते थे? ये सब नहीं तब सुदीप्त का हत्यारा कौन हो सकता है? एक तरह से देखो तो इनमें से हरेक हो सकता है, एक और तरह से देखो तो इनमें से कोई भी नहीं।

मृत्यु वैसे भी रहस्य में लिपटी होती है। इस पर कई बार वह अपने इस रहस्य को कोई ऐसा आकार दे देती है कि वह लगातार गड़ता है। हम बार-बार पीड़ा में लिपटे उस रहस्य की ओर लौटते हैं और हर बार एक अजीब-सी चोट खाकर लौट आते हैं। मैं कई बार सोचती हूँ जो भी हुआ हो, सुदीप्त तो चला गया, अब वन्दना की सोचो, उसकी हालत देखो। लेकिन मैं जानती हूँ कि वन्दना सुदीप्त के इस तरह जाने से बिंधी है, वह सुदीप्त के कैसे भी जाने से बेहाल हुई होती लेकिन तब सुदीप्त और उसकी मौत के बीच वह ईश्वर को ला सकती थी, पर उसके इस तरह जाने से सुदीप्त और उसकी मौत के बीच खड़ी कोई अनजान छाया उसे बार-बार नज़र आ रही है, 'स्नेहा, ये कोई कैसे कर सकता है?' यह रहस्य शायद उसके विरह में गहरे तक गड़ा काँटा है जिससे रह-रह कर यह टीस उठती है : 'ये कोई कैसे कर सकता है?'

बच्चों के आने पर बन्दिश है। उन्हें वापस नहीं भेजा जाता। वे हॉल के बाहर अहाते में घास पर खेलते रहते हैं। खिसल पट्टी के नीचे बालू पड़ी है। छोटे-से 'मेरी-गो-राउण्ड' पर बच्चे गोल घेरे में एक-दूसरे का पीछा करते हैं। माली अहाते के कोने में बैठा, बच्चों को देख मुस्कराता रहता है। वह बाईं हथेली की खोह में छिपी जलती हुई बीड़ी को छिपकर होंठों से लगाता है और कोशिश करता है कि उसका धुआँ मुँह से निकलते ही शाम के धुँधलके में घुल जाये।

नुआ

खेल कब का ख़त्म हो चुका था। पिद्दू की गेंद झाड़ियों में चली गयी थी, हम उसे ढूँढ़ते रहे, वह मिली नहीं। सोनाली बोली, 'कल देख लेंगे, अब अँधेरे में नहीं ढूँढ़ते।' सब बच्चे तुरन्त मान गये। सब अपने घरों को चल दिये। मैं ख़ाली मैदान के किनारे बैठी रही। थोड़ी-सी घबराहट हो रही थी कि उन्हें मेरे देर से घर आने की ख़बर न लग जाये। मैं अपने कारण मैदान से देर से नहीं लौटी थी। लखना मुझे लेने ही देर से आया था। वह रास्ते की पान की दुकान पर बीड़ी पीता बैठा रहा होगा। बकुल को लेने आयी उसकी दीदी ने मुझसे कहा भी कि मैं उनके साथ चली चलूँ। मैंने जाने क्यों मना कर दिया और मैदान के किनारे की सीढ़ियों पर बैठी लखना का इन्तज़ार करती रही। अँधेरा छाने लगा। आसपास के पेड़ धब्बों में बदलने लगे। पास के मन्दिर के घण्टे इतनी साफ़ सुनायी दे रहे थे मानो बिल्कुल बगल में बज रहे हों। उजाले में जो चीज़ें दूर नज़र आती हैं, अँधेरे में कितनी पास हो जाती हैं, मानो वे तुम्हारे पास सरक आयी हों। झींगुरों की आवाज़ें भी अचानक तेज़ हो गयीं। वह बहुत देर बाद वहाँ आया। रास्ते में रोज़ की तरह मैं उससे कुछ पूछती रही, वह मेम साहब, मेम साहब कहकर कुछ बड़बड़ाता रहा। अम्मा घर पर नहीं थीं। उनका बुख़ार तेज़ हो गया था और वे अस्पताल गयी थीं, शायद उस रात वे अस्पताल में ही रहने वाली थीं। बुख़ार उतरने पर सुबह लौटने वाली थीं। लखना बड़ी मुश्किल से ये बता पाया कि वो उन्हें अस्पताल ले गया था इसलिए उसे मैदान पहुँचने में देर हुई थी। ग़लती मेरी नहीं थी तब भी मुझे डर-सा लग रहा था कि मेरे देर से पहुँचने की बात बाबा को पता न चल जाये। वरना वे लाइब्रेरी से लौटते ही मुझ पर गुस्सा

करना शुरू कर देंगे : 'तुम बकुल की दीदी के साथ क्यों नहीं आ गयीं? अगर लखनलाल रात भर नहीं पहुँचते तो क्या तुम रात भर वहीं मैदान में बैठी उसके आने का इन्तज़ार करती रहतीं? क्या बकुल तुम्हारे साथ थोड़ा और नहीं रुक सकती थी? बकुल की दीदी, वह बेवकूफ़ तुम्हें अकेला छोड़कर जा कैसे सकी?' मुझे पता था कि वे मेरे देर से लौटने के बारे में जानकर वैसे ही चिन्तित हो जायेंगे जैसे मैं अब तक सचमुच न लौटी होऊँ। वे परेशान होकर कमरे में चक्कर काटने लगेंगे और बार-बार लखना को बुलाएँगे और बार-बार मेरे देर से आने के बारे में सवाल पूछेंगे। वे इतनी बार पूछेंगे कि मुझे लगने लगेगा कि मैं घर पर नहीं, अँधेरे मैदान में अकेली बैठी लखना के आने का इन्तज़ार कर रही हूँ जो कभी नहीं आने वाला।

वे इतनी बार पूछ-ताछ करेंगे कि मुझे लगने लगेगा कि मैं मैदान की सीढ़ियों पर सो गयी हूँ। तभी वे चौड़ी और दूर तक फैली सीढ़ियाँ सँकरी होने लगी हैं। मैं उन पर बिना सोचे-समझे नीचे उतरने लगी हूँ। चारों ओर अँधेरा है, चुप्पी पर जगह-जगह झींगुरों की आवाज़ें टँकी हुई हैं, और मैं लगातार बढ़ती जा रही सीढ़ियों से नीचे उतर रही हूँ। रास्ते में कहीं लखना सोता हुआ दिखायी दे रहा है जो मुझे आता देख जल्दी से उठकर धोती झाड़कर मेरे आगे-आगे सीढ़ियाँ उतर कर ग़ायब हो गया है। मैं ज़ोर-ज़ोर से उसे पुकारने की कोशिश करूँगी लेकिन मेरी आवाज़ गले में ही फड़फड़ाती रह जायेगी। अब मैं अँधेरी सीढ़ियों पर बीच में ही खड़ी रह जाऊँगी, पीछे से बाबा की आवाज़ सुनायी देगी, 'नुआ अब तक क्यों नहीं आयी?' मैं पीछे मुड़कर उनके पास जाने की कोशिश करूँगी लेकिन मेरे पैर सीढ़ियों में ही फँसे रह जायेंगे। वे इतना अधिक पूछेंगे कि मैं ख़ुद को अब तक नहीं लौटी मानकर ख़ुद घबराने लगूँगी। इसी तरह के ख़यालों में फँसकर डरती रहूँगी। यह बाबा से नहीं कह सकती। किसी से भी नहीं। उनका चिन्ता करने का ढंग ऐसा ही था। जिसकी चिन्ता करते, वह ख़ुद अपने बारे में डर जाता, बिना वजह। बाबा का यही ढंग था। उन्हें पता भी था कि नहीं।

पास के कालीन पर सोये लखना को खर्राटे आने लगे। खिड़की के बाहर की गली सुनसान हो गयी। वहाँ कोई कुत्ता रो रहा था। बीच-बीच में तेज़ भागती कारों की लाइटें खिड़की पर पड़तीं फिर बुझ जातीं। बाबा नहीं आ रहे थे। मैंने दो-तीन बार लखना को जगाया पर वह आधा-अधूरा जागकर मुँह ही मुँह में बड़बड़ाता, 'बीबी जी अभी आते होंगे' और दोबारा खर्राटे लेने लगता।

अम्मा अस्पताल में अकेली होंगी, मैं यहाँ अकेली हूँ और बाबा पता नहीं कहाँ अटक गये हैं। कहीं उन्हें पता तो नहीं चल गया कि अम्मा अस्पताल में हैं और वे सीधे वहाँ चले गये। वे यहाँ फ़ोन ज़रूर करते। अस्पताल पहुँचते ही फ़ोन ज़रूर करते। याने उन्हें पता नहीं चला। उनकी लाइब्रेरी का फ़ोन मुझे पता नहीं। लखना को पता होगा पर वह उठने का नाम नहीं ले रहा। 'लखना, लखना उठो, उठो, देखो

बाबा अब तक नहीं आये, उन्हें फ़ोन करो... लखना, लखना, लखनलाल, लखनलाल।' मैं उसे उठाती रही। वह कालीन पर पसरा रहा। हारकर मैं भी मुँह तक कम्बल ओढ़कर बिस्तर पर लेट गयी। नींद मुझसे कुछ दूर खड़ी मेरी आँखों पर हाथ फेरती रही। मेरे पास नहीं आयी। फ़ोन की घण्टी बजी। मैं कम्बल फेंककर भागी। बाबा बोल रहे थे, 'नुआ, तुम अब तक सोयी नहीं, क्या नींद नहीं आ रही? मृदुला को फ़ोन देना।' 'वे अस्पताल गयीं।' मैंने जवाब दिया, 'क्यों, क्या हुआ?' 'उन्हें तेज़ बुख़ार था, शायद आज रात वहीं रहें।' अचानक उनकी आवाज़ कँपकँपाने लगी, 'क्या तुम अकेली हो? लखना कहाँ है, उसने मुझे फ़ोन क्यों नहीं किया?' 'वो यहीं है, सो रहा है, उठ नहीं रहा, मैं तंग आ गयी हूँ, मुझे डर लग रहा है, तुम जल्दी आओ।' मैंने लगभग रोते हुए कहा। 'डरने की कोई बात नहीं है, मैं तुरन्त आ रहा हूँ।' उन्होंने फ़ोन रख दिया।

उनके ये कहने भर से कि वे आ रहे हैं, मेरा डर कम होने लगा। लखना ने शायद हमारी बात सुन ली थी। वह जागकर कालीन पर बैठा आँखें मलने लगा था। उसने शायद यह भी सुन लिया था कि मैंने बाबा से उसके सोने के बारे में कह दिया है। लखना की यह ख़ासियत है कि वो अपने काम की बात नींद में भी सुन लेता है। तब भी सुन लेता था, अब भी सुन लेता है। वह जान गया कि उसे बाबा की डाँट पड़ना पक्का है। बाबा के आने से पहले ही मेरे कानों में बाबा की डाँट गूँज रही थी, 'तुम सोते क्यों रहते हो, क्या दिन भर पहाड़ ठेलते रहे, तुम ग़ज़ब के आदमी पहले से थे, अब निकम्मे होते जा रहे हो!' जब लखना बिल्कुल घबरा जायेगा और इधर-उधर झाँकने लगेगा, बाबा अपनी डाँट को बीच में ही छोड़कर हलका-सा मुस्कराएँगे और आँखें मटकाते हुए कहेंगे, 'क्यों लखना, ये बताओ तुम बात करते समय 'मैं' की जगह 'लखनलाल' कहकर ख़ुद को पराया क्यों कर लेते हो? बताओ तो ज़रा, नुआ भी तो सुने कि बात क्या है। अरे बताओ, शर्माओ मत!' और तब लखना हर बार की तरह यह दोहराएगा, 'लखनलाल किस मुँह से ख़ुद को 'मैं' कहे साहब, ग़रीब आदमी अपने लिए भी पराया है। हम अपने को लखनलाल न कहें तो क्या कहें? तो क्या कहें...'

देर तक लखना की आवाज़ मन में गूँजती रही। मानो वह सैकड़ों बार वही कुछ बोलता जा रहा हो। बाबा आ रहे हैं, बाबा आ रहे हैं, सोचते-सोचते मेरी पलकें भारी होने लगीं और मुझे लगा कि मुझसे थोड़ी दूरी पर खड़ी नींद धीरे-धीरे मेरे पास चली आ रही है। उसके हाथों में बाबा के हाथों की छुअन है। बाबा के हाथों से ही उसने मुझे उठाया है, और आहिस्ता-से गोद में ले लिया है। बिल्कुल आख़िरी बार क्योंकि सुबह जब मैं उठी, घर में भीड़ जमा थी। बाबा जा चुके थे। वे अब तक नहीं लौटे।

फाटक के भीतर आते ही एक लड़की ने अपना बायाँ हाथ पीछे किया और उसे अपने बालों पर फिराने लगी। उसके चेहरे पर मुस्कराहट आयी पर तभी वह चिन्तित दिखायी दी। वह मुड़कर फाटक की ओर भागी। फाटक की बगल में उसका गहरा नीला स्कार्फ़ धूप और कोहरे में लिपटा पड़ा है।

मृदुला

रात का अन्धकार आँखों में आकर कँपकँपाने लगा था। मुझे अपनी हर नाड़ी की धड़कन महसूस हो रही थी। घर पर ही रही आयी तो बुख़ार बढ़ जायेगा, मैं उसे सम्भाल नहीं पाऊँगी और मेरी बीमारी का भार सुदीप्त पर पड़ जायेगा। कुछ ही समय बीता और मैं अस्पताल चली गयी। रात भर ये सोचते नींद नहीं आयी कि उसे कम-से-कम एक बार यहाँ आना चाहिए था। नुआ को लखना संभाल लेता। क्या वह अक्सर सँभालता नहीं है। उसने कभी मेरी अवहेलना नहीं की इससे पहले। उसके भीतर अपने से अलगाव की बेहद बारीक़ दरार मैं कभी-कभी महसूस ज़रूर करती थी पर वह व्यवहार के इतने आवरणों के नीचे दबी रहती थी कि वह होते हुए भी नहीं जैसी थी। मानो हमारे सम्बन्ध के धागे में किसी ऐसी जगह टूटन रही हो कि उस पर अँगुली रख पाना नामुमकिन हो। उस टूटन की टीस ने कभी पीछा नहीं छोड़ा। नहीं, वह अवहेलना नहीं थी। वह उसने एक बार भी नहीं की। यह पहली थी। कहीं वह छिपी हुई दरार बाहर तो नहीं आ गयी? मैं बिस्तर पर करवटें लेती रही। मैं अपनी सोचती रही, और वह रात में ही चला गया। मुझे अस्पताल नहीं जाना था। तेज़ सही, था बुख़ार ही, अपने आप उतर जाता। कितनी रातों से मुझे बुख़ार चढ़ रहा था, कितनी रातों मैंने उसे अपने शरीर से नीचे उतरते महसूस किया था। उस दिन भी ऐसा हो सकता था। मैं घर के बिस्तर पर लेटी रहती और बुख़ार देर रात मुझे छोड़कर चला जाता। वह चला जाता और शायद सुदीप्त बच जाता। बुख़ार न भी जाता, मैं अपनी आँच में तपती वह रात काट देती और सुदीप्त न जाता। मैं धीरज क्यों हार गयी? कितनी मेहनत से उसने मुझे धीरज रखना सिखाया था। ऐन वक़्त पर मैं

वही हार गयी। यह नहीं कि मैं उसकी हर बात मान लेती होऊँ, पर धीरज, वह मैंने धीरे-धीरे जतन से सीखा था। इसके बग़ैर उसके साथ जी भी नहीं सकती थी। हालाँकि कौन जाने, मैं उसके साथ जी भी सकती थी या नहीं। कौन जाने मैं उसके साथ जी भी रही थी या नहीं। हम साथ रहते थे पर मैं अकेली ही थी। अकेला वह भी था पर उसे अकेले होना ही जीने का एकमात्र ढंग लगता था। हाँ, उसके साथ मैं बिल्कुल अकेली थी। वही हो सकती थी। आज जब वह नहीं है, अकेली तब भी हूँ। पर इन दोनों अकेलेपन में फ़र्क़ है : उसके साथ का अकेलापन भरा हुआ था, वह जीवन से लबालब भरा हुआ अकेलापन था, जिसमें मैं जब चाहती झाँककर, अपने बीमार पिता के चेहरे को, अपाहिज माँ की गहरी प्रशान्ति को, छोटी बहन के नखरों को, नुआ के बचपन के विस्तार को, वन्दना की अँगुलियों के बीच फड़फड़ाते पन्नों को देख सकती थी, उन्हें छू सकती थी। उसका जाना मेरे अकेलेपन को ख़ाली कर गया। बिल्कुल ख़ाली। जहाँ झाँकने पर मुझे सिर्फ़ अपना चेहरा दिखायी पड़ता है। उसके जाते ही जैसे मेरे भीतर का संसार भी किसी मरीचिका की तरह लोप हो गया। वहाँ अब न मृत्यु शय्या पर लेटे पिता हैं, न अपना एक-एक अंग खोती माँ हैं, न बात-बात पर रूठती बहन है, न मेज़ पकड़कर चलती नुआ है, न पहाड़ी झरनों में छपछप करती मैं हूँ, न सड़क किनारे तेज़ी से चलती वन्दना है। नहीं-नहीं, शायद वे सब यहीं हैं लेकिन बिल्कुल निष्प्राण मानो उसके जाते ही वे सब के सब काठ के हो गये हों।

ओह, कहाँ गयी वह फाँस जिसे लिये-लिये मैंने उसके साथ बरसों काटे हैं। उसके वन्दना की ओर झुके होने की फाँस! कैसे मैं वन्दना के बारे में सोचते हुए रात-रात भर काट दिया करती थी। कैसे मैं उसके एक-एक रेशे को मानो सूक्ष्मदर्शी के नीचे रखकर देर-देर तक ताकती रहती थी जिससे मैं किसी तरह उसे वन्दना की ओर से अपनी ओर मोड़ सकूँ। कितनी देर बाद जाकर यह राज खुला है कि ईर्ष्या प्रिय तक पहुँचने का टेढ़ा ज़रूर, पर रास्ता है। मैं आज इसे छिपा नहीं पा रही कि वो वन्दना ही थी जिसके सहारे मैं सुदीप्त को महसूस करती थी। यह दिन कितने दिनों के बाद आया है। उसके रहते जिसे मैं फाँस जानती रही, वह उस तक पहुँचने का रास्ता था पर कैसा मुश्किल रास्ता!

मैं बार-बार उस पर आरोप लगाती, बार-बार उसे कोसती पर उसके सामने आते ही मानो मुझे अपने सारे आरोप खोखले जान पड़ने लगते, अपना सारा डर निराधार लगने लगता। उसके सामने आते ही मुझे अपनी ही शंकाएँ ओछी लगने लगतीं, अपनी ईर्ष्या मलिन जो मानो मेरे मन को दूषित कर गयी हो। उसके सामने से हटते ही फिर वही सब दिमाग़ में घुमड़ने लगता। मुझे पता था, मेरा डर निराधार है, मेरी शंकाएँ हवाई, तब भी मैं बेचैन बनी रहती। वह मुझसे छिन जायेगा और मैं अकेली हो जाऊँगी। मैं उसकी एक-एक बात ध्यान से सुनती कि कहीं वह मुझसे

कोई चतुराई तो नहीं कर रहा। मैं उसकी एक-एक हरकत पर जितना हो सकता नज़र रखती कि कहीं उसमें मुझसे अलग होने की प्रस्तावना तो नहीं। मैं उसके सो जाने के बाद नींद में उसकी बड़बड़ाहट तक को ध्यान से सुनती कि कहीं उसमें ही मुझे मेरे डर का आधार मिल जाये। उसकी पढ़ी हुई किताबों को पहले पेज से आख़िर तक पलटती कि शायद वहाँ से उसकी हरकतों को बूझने की सामग्री मिल सके। मेरे हाथ कुछ नहीं आया, ऐसा कुछ नहीं जो मैं पहले से न जानती थी।

मैं कई बार छिपकर वन्दना के शो देखने जाती। वह प्राचीन, मध्ययुगीन और आधुनिक कविताओं, नाटकों, कहानियों, उपन्यासों, निबन्धों आदि से ऐसे हिस्से चुनती जिनका आपस में कोई गहरा ताल्लुक़ होता, जो, जैसा कि वह अपनी भूमिका में कहती, 'बिना एक-दूसरे को जाने एक-दूसरे से बोलते हों।' जो हिस्से हिन्दी में नहीं होते, वह उन्हें हिन्दी में ले आती और वह इन तमाम हिस्सों को आपस में जोड़कर महीने के हर पहले शनिवार को एक छोटे-से हॉल में थोड़े-से दर्शकों के बीच पढ़ती। छोटे-से स्टेज पर केवल उसके हाथों में रखे पन्नों पर रोशनी होती, वह ख़ुद रोशनी के घेरे के ठीक बाहर बैठी रहती। सिर्फ़ उसके गोरे हाथ काग़ज़ों को ऊपर-नीचे करते रहते और हॉल को धीरे-धीरे उसकी आवाज़ विभिन्न संस्कृतियों, विभिन्न समयों से आयी छवियों और विचारों से भर देती। छान्दोग्य उपनिषद् के किसी वाक्य के बाद ग़ालिब का शेर आ जाता जिससे निःशब्द निराला की पंक्ति बाहर सरकती चली आती जो आगे जाकर मार्सेल प्रूस्त की किसी गूढ़ उक्ति में विलीन हो जाती।

भाव-विभोर मैं शो देखने लगती। यह भूल ही जाती कि दरअसल मैं वहाँ शो देखने नहीं, सुदीप्त पर निगाह रखने गयी हूँ। अक्सर सुदीप्त दूसरी या तीसरी पंक्ति में बैठे होते। मैं पाँच-छह पंक्तियों को छोड़कर इस तरह बैठती कि सुदीप्त और वन्दना दोनों को देखती रह सकूँ। वहाँ तरह-तरह के लोग लगभग हर बार आते। स्कूली छात्रों से लेकर बुजुर्गों तक। एक बुजुर्ग हमेशा उजले कपड़े पहनकर, छड़ी लेकर पहली पंक्ति में बैठते। शो के आधे होते न होते उनका सिर नीचे लटक जाता। एक युवा लड़की सुनते-सुनते अचानक मुस्कराती और तुरन्त झुककर अपनी कॉपी पर कुछ लिखने लगती।

जैसे ही हॉल में रोशनी धीमी पड़ती, स्टेज पर प्रकाश के छोटे से घेरे में वन्दना के हाथों में पन्ने फड़फड़ाने लगते और धीरे-धीरे वन्दना की आवाज़ ऊपर उठना शुरू होती। '....गली में उपस्थित असन्तोष की तसवीर, जहाँ हर कोई बार-बार पाँव उठाता है ताकि वह वहाँ से भाग सके जहाँ वह खड़ा है.... !' वह लगभग पूरे समय आँखें नीचे कर पन्नों की इबारत को उच्चारित करती। सिर्फ़ बीच में कभी वह पल दो पल के लिए आँखें ऊपर करती। तभी मुझे लगता कि वह उन उठी हुई आँखों से उसे देख रही है। उसे जो वन्दना को देखने ही हॉल में सबसे पहले आकर बैठ

गया होगा, उसे जिस पर निगाह रखने ही मैं हॉल की लगभग अन्तिम पंक्ति में दुबकी होती, मैं जो बार-बार बिन चाहे भी वन्दना के चुनाव के रास्ते आयी कृतियों के सौन्दर्य की भूलभुलैया में खो जा रही होती।

वन्दना जैसे ही अन्तिम टुकड़ा पढ़ना शुरू करती, मैं चुपचाप उठकर बाहर चली आती, अपने पर शर्मिन्दा कि मैं एक भले मानुस पर नज़र रखकर लौट रही हूँ, अपने पर खीजी हुई कि मुझे आज फिर कुछ हासिल नहीं हुआ, कुछ भी, अपने डर के आधार का एक टुकड़ा भी नहीं, बेचैन कि कहीं नुआ को घर पहुँचने में देर न हो गयी हो, यह सोचती कि लखना उसे लेने ठीक समय पर पहुँच गया हो। सड़क पर सिर झुकाये चलते-चलते जब मुझे यह लग रहा होता कि सारे लोग कनखियों से मुझे देखकर दबी हँसी हँस रहे हैं, मैं अपने भीतर के अँधेरे के बीच कुछ प्रकाश महसूस करती, बिल्कुल वैसा जैसा वन्दना के हाथों और उनमें थमे काग़ज़ों को घेरे था। मेरे मन का कोई एक हिस्सा अचानक रोशन हो उठता। बल्कि एक हलकी-सी प्रकाश-लहर मन के छोटे-से इलाके पर तैरने लगती। मेरे किन्हीं अदृश्य कोनों से आनन्द के पारदर्शी रेशे आकर मन पर छाने लगते और मैं उन्हीं में तैरती-सी सड़क किनारे चलती रहती। घर आ जाता। दरवाज़े पर लखना नुआ को खेल के मैदान से लाने के लिए मेरी इजाज़त की प्रतीक्षा करता ऊँघता बैठा रहता।

हॉल के क़रीब ही नदी बहती है। बारिश के बाद उसमें मछली का शिकार होता है। उन्हीं दिनों बाहर के अहाते में जब कोई आवाज़ नहीं होती, नदी के बहने की सरसराहट वहाँ तक पहुँच जाती है मानो नदी पास सरक आयी हो।

किशोर

यह नहीं कि हमने वह सब रोकने की कोशिश न की हो। यह नहीं कि हम सब कुछ चुपचाप देखते रहे हों। यह भी नहीं कि हमने अपनी ओर से उन्हें ज़रा भी बढ़ावा दिया हो। हमें पता ही देर से चला। शायद यह कहना चाहिए कि हमें इस सब की गम्भीरता का पता देर से चल पाया। हालाँकि जो हुआ, उसे कौन भला आदमी गम्भीर कहेगा। यह नहीं कि हमने दरयाफ़्त देर से शुरू की। हमने दरयाफ़्त देर से शुरू नहीं की। हम शुरू से चौकन्ने थे। हम लोग ऐसे ही पले-बढ़े हैं इसलिए हम पहले दिन से ही चौकन्ने थे। उस दिन से जब वह पहली बार किसी बहाने से हमारे घर आया था। नहीं, किसी बहाने से नहीं, वह आया मेरे बुलाने पर था। कौन भरोसा करेगा कि वो मैं था जो उसे अपने घर लाया था। कौन भरोसा करेगा कि मुझ जैसा चौकन्ना आदमी यह करेगा। मैंने ही उसे अपने घर आने का बुलावा दिया था, मैंने ही उसे अपनी ओर मोड़ लिया था जिसके कारण उनकी मुलाक़ात हो सकी।

मैं अक्सर उसकी लाइब्रेरी में जाया करता था। ख़ासकर तब जब बहुत गर्मी होती। शहर तेज़ धूप में झुलसने लगता और मुझे लगता कि मेरी चमड़ी मेरे ही ख़िलाफ़ साज़िश में लग गयी है। वह मौसम गर्मियों का न होकर जलन का मौसम हो जाता। सब कुछ हर ओर सुलगता रहता। नंगी सड़कों पर डामर पिघलकर बीच में ऊँची उठी सड़क को छोड़कर उसके किनारों की ओर बह निकलता। ऐसे में गाड़ियों का चलना उतना ही मुश्किल होता जितना दुश्वार पैदल चलना। फुटपाथ पर कहीं-कहीं अमलतास ठण्डे सूरज की तरह अपने फूलों से राहत दे देता। ऐसे दिनों में जब दोपहर का एक-एक पल पिघले लोहे की बूँद-सा सिर पर टपकता, मैं पहले दुकान के सामने सफ़ेद कपड़े की चादर तान देता, थोड़ी देर राहत

रहती, लेकिन यह उपाय जल्दी ही बेकार हो जाता। तेज़ गर्मी धूप को चादर पर छोड़कर दूसरे रास्तों से दुकान में आने लगती। बाज़ार के क़रीब सिर्फ़ एक ही ऐसी इमारत थी जिसमें कोई भी जा सकता था और जिसकी दीवारें बहुत मोटी और चूने की बनी होने से उसे बहुत ठण्डा रखती थीं। यह इमारत शहर की सबसे बड़ी लाइब्रेरी थी। वह दुकान से दूर नहीं थी। जब मई की गर्मी को सहना बूते से बाहर हो जाता, मैं लू से लगभग झुलसता हुआ, दुकान को खुला छोड़कर ही लहराती ठहरी हवा में सड़क पर आ जाता और मानो बेहोशी में चलता हुआ-सा लाइब्रेरी की ओर बढ़ने लगता। उस बड़ी-सी इमारत में लाइब्रेरी पहुँचने के लिए पहली मंज़िल पर जाना पड़ता। वहाँ तक जाने के लिए दो बरामदों से गुज़रना पड़ता। बरामदों में प्रवेश करते ही मई का तमतमाया ताप पीछे छूट जाता और ठहरी हुई ठण्डी और बासी हवा—जैसी पुरानी और सीलन भरी इमारतों में रहा करती है—मेरे चारों ओर लिपट जाती। बरामदा पार करते ही चौड़ी पत्थर की सीढ़ियाँ आ जातीं जिन पर बाहर के ताप की अब तक बाक़ी बेहोशी पर लगभग तैरता हुआ मैं रुक-रुककर ऊपर चढ़ने लगता जैसे उस ठण्डक को चखते हुए चल रहा होऊँ। दो बन्द दरवाज़ों को पीछे छोड़ने के बाद तीसरा बड़ा-सा खुला दरवाज़ा आता जिसके पास पहुँचने पर दूर तक जमे रैकों में किताबों की क़तारें दिखायी देने लगतीं। रैकों के ऊपर लगे लैम्पों से किताबों पर मटमैले पानी की फुहारों की तरह फीको रोशनी गिरती रहती। मैं मानो ताप के सागर के किनारे आ लगा होऊँ, भारी क़दमों से लम्बी मेज़ के आसपास लगी कुर्सियों में किसी एक पर जाकर बैठ जाता बल्कि ढह जाता। अपने आसपास के लोगों से बेख़बर, किताबों से बेख़बर। शरीर में चढ़ा ताप उतरना शुरू हो जाता और कुछ देर तक मैं अपने को ठण्डा होता महसूस करता रहता।

यही उसकी लाइब्रेरी थी।

यहीं रैकों के पीछे अपने छोटे-से चैम्बर में किताबों के ढेरों से घिरा वह बैठा रहता। उसके हाथों में कोई न कोई किताब फँसी रहती। उसकी आँखें उसी पर झुकी धीरे-धीरे पन्ने पर सरकती रहतीं। बिखरे बाल पंखे की हवा में हिलते रहते। यहीं ऐसी ही गर्मियों की किसी दोपहर को मेरी उससे मुलाक़ात हुई होगी। यहीं मुझसे वह चूक हुई होगी जो कभी नहीं होनी चाहिए थी। यहीं। बिल्कुल यहीं। किताबों से अटे पड़े हॉल में कभी। वह अक्सर टहलता हुआ अपने चैम्बर से बाहर आता और बिना किसी की ओर देखे खुले दरवाज़े से बाहर निकल जाता। दरवाज़े से बाहर निकलकर जेब में हाथ डालकर सिगरेट का पैकेट निकालता और लाइब्रेरी के ठीक बाहर की लम्बी-चौड़ी बालकनी पर खड़ा होकर माचिस की तीली जलाता और कहीं दूर देखते हुए सिगरेट जला लेता। इतने में अगर कोई उसे आवाज़ देता, वह जलती सिगरेट बालकनी के जंगले पर छोड़कर तुरन्त भीतर भागता।

लाइब्रेरी की ठण्डक में कुछ देर बैठने के बाद मैं यहाँ-वहाँ ताकता रहता। कभी मेज़ पर की कोई किताब उठाकर पलटने लगता। कभी कोई पत्रिका खोलकर कुछ

भी पढ़ने लगता। मुझे हमेशा लगने लगता कि वह किसी भी वक़्त मुझसे पूछ सकता है कि मैं पढ़ता तो हूँ नहीं, फिर वहाँ क्या कर रहा हूँ। हमारे नाना मुझे हमारे शहर में नये बने पार्क में ले जाते थे। हम पूरे दिन वहाँ जाने का इन्तज़ार करते थे। लेकिन मुझे लगता मैं जहाँ भी जा रहा हूँ, माली की आँखें मुझ पर ही लगी है। जैसे मैं वहाँ वही ग़लती करने आया हूँ जिसे पकड़ने माली बिठाया गया है। पार्क के खिंचाव में मिला माली का डर न जाने कितने दिनों साथ घिसटता रहा होगा। शायद वही डर लाइब्रेरी भी पहुँच गया हो। वह एक बार पैदा होकर कभी जाता नहीं, नयी स्थितियों में पुरानी चीज़ें चस्पाँ कर बार-बार सामने आ जाता है। लाइब्रेरी को पार्क बना लेता है, लाइब्रेरियन को माली। वरना उन गर्म दोपहरियों में लाइब्रेरी में बैठकर अपने भीतर का डर मुझे इतना पहचाना-सा क्यों लगता था। झूठ-मूठ किताब या पत्रिका पलटते हुए मैं दोपहर के उतरने की राह देखता रहता। कभी किसी चीज़ में मन लग जाता तो उसे कुछ देर तक सचमुच पढ़ता रहता। इन्हीं में बिहार के भूकम्प के बारे में गाँधी जी के ख़याल पढ़कर मैं विचलित हुआ था। धरती के काँपने और छुआछूत का क्या सम्बन्ध हो सकता है जो गाँधी जी ने देख लिया था? उनकी वे ही जानें, अवतारी आदमी कब कहाँ क्या देख लें, कोई ठिकाना है? ऐसा भी हुआ कि आँख लग गयी और मैं दो-तीन घण्टे वहीं किताब पर सिर रखकर सोया रहा। मुझे लगता रहता था कि वह ये जानता है कि मैं यहाँ किताबों के लिए नहीं, ठण्डक के लिए आता हूँ इसलिए जब भी सिगरेट पीने के बाद वह मेरे पास से गुज़रता, उसके चेहरे पर बारीक़-सी मुस्कान रहती। यही नहीं, वह जानबूझकर मुझसे मेरे केसर के व्यापार के बारे में पूछता। यह तब भी जब उसे पास देखते ही मैं हाथों में कसकर कोई किताब पकड़ लेता और अपनी आँखों को ज़बरदस्ती किसी वाक्य पर बाँधे रहता।

'क्यों किशोर भाई, क्या नया केसर आया है?'

'नहीं तो! क्या ज़रूरत थी?'

'नहीं, मैं यूँ ही पूछ रहा था!'

वह यूँ ही पूछता था। वह यूँ ही क्यों पूछता था? क्या मैं जानता नहीं कि वह यूँ ही क्यों पूछता था। मैं जानता हूँ, वह मुझे याद दिलाना चाहता था कि मैं व्यापारी हूँ। न, व्यापारी नहीं, धन्धेबाज़। लेकिन सुदीप्त महाशय, आप अब जहाँ भी हैं, सुन लें, कान खोल के सुन लें, धन्धा करना कोई बेजा बात नहीं। क्यों, है क्या बेजा बात? और फिर मैं गुड़ का धन्धा नहीं कर रहा हूँ, केसर का धन्धा कर रहा हूँ। दुनिया भर में मशहूर, कश्मीर की पहचान केसर का धन्धा कर रहा हूँ। कोई कुछ भी सोचे, मैं केसर का धन्धा करता हूँ, केसर का धन्धा करता रहूँगा।

मैंने गर्मियों की उन तमतमाती दोपहरियों में कई बार किताबों के भीतर झाँकने की बाक़ायदा कोशिश की लेकिन दो-चार वाक्यों के पढ़ते ही मेरा ध्यान इधर-उधर भटकने लगता। मेरी समझ में नहीं आता कि मैं क्या पढ़ रहा हूँ, इसका मेरे जीवन

में क्या उपयोग है? शायद कुछ लोगों के लिए किताबें अपने खिड़की-दरवाज़े कभी नहीं खोलतीं। वे कितना ही क्यों न खटखटाएँ, किताबों में प्रवेश नहीं पा पाते। लेकिन क्या इसे उन लोगों का दोष माना जायेगा? वे बने ही ऐसे होते हैं। मैं बना ही ऐसा हूँ। इसमें मेरा क्या दोष? तब वह जो अपने को पढ़ा-लिखा समझदार मानता रहा होगा, मुझ पर हँसता क्यों था। क़ायदे से उसे भगवान से पूछना चाहिए था कि किशोर भाई केसर वाला ऐसा क्यों है? इसमें मेरा क्या दोष, यह तो भगवान का चमत्कार है कि मैं वैसा हूँ, जैसा मैं हूँ।

मेरा एक दोष ज़रूर है कि जब मुझे उससे इतनी चिढ़ थी, जब मैं जानता था कि वह मेरा मज़ाक उड़ाता है, मैंने उसे अपने घर, उस दुर्भाग्यपूर्ण क्षण में अपने घर आने का न्योता क्यों दिया? आख़िर क्यों दिया? मैं नहीं भी दे सकता था। शायद मैंने यह सोचा होगा कि अगर मेरा उससे बेहतर परिचय हो जाये तो लाइब्रेरी में फ़िजूल बैठने की धुकपुकी कम हो जायेगी। वह लाइब्रेरियन न रह जाकर मेरा नमक खाया लाइब्रेरियन हो जायेगा। या शायद उस क्षण मुझ में भी पढ़े-लिखों के क़रीब आने का जज़्बा पैदा हो गया हो। या शायद मैं उसे अपने पास लाकर उसके चारों ओर के प्रभा-मण्डल को कम से कम अपने लिए ख़त्म करना चाहता रहा होऊँ। मैं नहीं जानता मैंने उसे क्यों घर आने का बुलावा दिया था।

लाइब्रेरी की बासी हवा में देर तक बैठकर मैंने पहले एक वाक्य बनाया। उसे यहाँ से काटा, वहाँ से काटा, तराशा, फिर सहमते क़दमों से सुदीप्त के चैम्बर की ओर गया। एकबारगी मुझे लगा ज़रूर कि रहने दूँ और यह सोचता हुआ-सा मैं ठिठका भी लेकिन तभी वह चैम्बर से बाहर आ गया, उसके एक हाथ में बुझी हुई सिगरेट थी, दूसरा जेब की गहराई में माचिस की खोज में गया होगा। वह मुझे वहाँ देखते ही रुक गया। मैं अपनी ऊहापोह को पीछे धकेल कर वह वाक्य बोल उठा जो मैंने बड़े जतन से पिछले कुछ मिनटों में तैयार किया था :

'क्या आप मेरे घर आयेंगे, खाना खाने?'

इतनी तैयारी के बाद भी मैं ठीक से नहीं बोल पाया था। मैंने जो वाक्य बनाया था, वह था, 'क्या आप मेरे घर भोजन पर आयेंगे?' और मैं बोल कुछ और गया था। मेरी इस चूक पर वह चूका नहीं, हलका-सा मुस्कराया और बोला, 'ज़रूर, केसर का दूध पिलाओगे न?'

'तुम जब सुनोगी, तभी तुम्हें पता लगेगा कि यहाँ आने का आनन्द क्या है?' एक लड़का अपनी दोस्त को पहली बार वहाँ लाया है। वह उन लोगों को देख रही है जो ऊपर जाती सीढ़ियों पर पाँव रख रहे हैं।

वन्दना

वही था।
झुककर दरवाज़े के बाहर खड़ा साँकल बजा रहा था।

मानो बड़ी देर से।

मैं छत पर टहल रही थी।

आसमान अपनी नीलाई में पारदर्शी था, असंख्य चिड़ियाँ अपनी उड़ानों के धागे हवा में तिरता छोड़ चली जा रही थीं।

सूरज बस डूबने को था। पश्चिम का आसमान हलके लाल और सुनहरे रंग का होने लगा था।

हर शाम किसी ख़ास रंग की हुआ करती थी। रोज़ मैं क़यास लगाती कि वह आज किस रंग की होगी।

उस शाम भी खुली छत पर मैं शाम की ठहरी हवा को किसी रंग का होते देखने की प्रतीक्षा में थी।

कहीं दूर से साँकल हिलाने की आवाज़ आ रही थी।

इस सन्धि-काल में ख़ुद अपनी आवाज़ दूर से आती मालूम होती थी। वह घर के दरवाज़े की साँकल थी। मैं निश्चिन्त छत पर टहलती उड़ते पक्षियों के बनते-बिगड़ते विन्यासों को देखने में उलझी रही।

साँकल खड़खड़ाने की आवाज़ एक बार फिर कानों में घुलने लगी। अबकि उसे मैंने अपने काफ़ी पास से आते सुना।

मैं छत की मुँडेर से नीचे झुकी। मेरे झुकते ही मेरी चोटी कन्धे से फिसलकर नीचे लटकने लगी।

वह बन्द दरवाज़े के सामने खड़ा था।

चोटी के छोर में अटका कंघा छिटककर नीचे जा गिरा।

उसके ठीक सामने। उसने सिर ऊपर किया। चेहरे पर झीनी-सी मुस्कराहट फैली थी। मुझे देखने के बाद वह नीचे झुका। कंघा उठाकर हाथ में ले लिया और बहुत धीमी आवाज़ में बोला,

'किशोर बाबू यहीं रहते हैं?'

मेरे बोल गले में फँस गये। कभी मैं उसके चेहरे को देखती, कभी उसके हाथों में अटके अपने कंघे को, कभी कनखियों से छत से लटकती अपनी लम्बी काली चोटी को। मानो वो भी मेरी तरह घबराकर जहाँ की तहाँ रह गयी हो। किसी तरह एक-एक शब्द को ठेलकर बाहर लायी,

'ठहरिए, मैं अभी आयी!'

इतना बोलकर जैसे ही सीधी खड़ी हुई, चारों ओर की हवा के महीन रेशे हलकी ललाई में रंगे जा चुके थे। मानो वे रंगे जाने के लिए मेरे नीचे झुकने का इन्तज़ार कर रहे थे। मैं कुछ देर छत पर ठगी-सी खड़ी रह गयी। मुझे लगा, उड़ते पक्षियों के पंखों से छप-छप की आवाज़ आ रही है। क्या वह शाम शर्म से सुर्ख हुए मेरे गालों के रंग को हर ओर फैलाने में जुट गयी थी! क्या मेरी झेंप का रंग पूरे शहर पर छाने लगा था! मुझे लगा कि मैंने देर कर दी है। मैं हड़बड़ाकर सीढ़ियों की ओर भागी। तेज़ी से नीचे पहुँचकर जल्दी से दरवाज़ा खोल दिया।

वह सामने खड़ा था। उसने माथे से बाल हटाये और मेरी ओर कंघा बढ़ाते हुए धीमी आवाज़ में बोला,

'ग़नीमत है आप अपने कंघे के बताये मार्ग पर नहीं चलीं!'

मैंने झपटकर कंघा उसके हाथों से लगभग छीन लिया। मैं मुड़कर जाने लगी कि ख़याल आया, वह भला मानुस तो दरवाज़े पर ही खड़ा है। मैं जैसे ही दोबारा मुड़ी, उसके चेहरे पर दबी-सी हँसी फैल चुकी थी,

'आप अपने कंघे का इन्तज़ाम कर लें, मेरी फ़िक्र न करें। मैं कुछ देर और इन्तज़ार कर लूँगा।'

मैं उसकी ओर देखकर भी उसे न देखती हुई बोली,

'आप बैठिए, चाचा आ रहे हैं।'

मैं कुर्सियों पर बिखरे अख़बार हटाने लगी। यह बात मेरे दिमाग़ में ही नहीं आयी कि कमरे में अँधेरा है। वह धीरे-से फुसफुसाते हुए बोला, 'आप अख़बार रहने दें, इन्हें मैं हटा लूँगा, मेरी रोज़ की आदत है, आप बत्ती जला दीजिए।'

यन्त्रवत्-सी मैं स्विच की ओर लपकी। पूरा कमरा पीली रोशनी से भर गया। मैं बिना उसकी ओर देखे कमरे से बाहर निकल गयी। दौड़ती हुई सीधे चौके में जाकर रुकी। माँ के हाथ में पानी से भरा गिलास था। मुझे देखते ही उसने वह गिलास मेरी ओर बढ़ाया। आज सब कुछ अजीब-सा घट रहा है। मैंने गिलास ले लिया और माँ की आँखों में उसका गन्तव्य ढूँढ़ने लगी।

'किश का कोई दोस्त आया है न, बिद्दू जाने कहाँ गया है, तू ही चली जा।'

मैं मुड़कर दोबारा उस कमरे में आ गयी जिसमें पीली रोशनी में डूबा वह बैठा था। वह गिलास देखकर हँसा और धीमे से बोला :

'मुझे न कंघा चाहिए था, न पानी। तब भी आपने यह अच्छा काम किया कि पानी नीचे लाकर दिया।'

मैं फिर हड़बड़ा गयी। गिलास को कोने के स्टूल पर रखकर ट्रे को हाथ में लेकर वहीं सोफ़े पर बैठ गयी। मैं लगातार कनखियों से दरवाज़े से बाहर देख रही थी। चाचा आ जायें तो मैं उनको उनका मेहमान सौंपकर फ़ुरसत हो जाऊँ। चाचा को सौंपकर! उन्हीं चाचा को जो आने वाले दिनों में अपने इसी मेहमान के ख़ून के प्यासे होने वाले थे, जो मुझसे अपने इसी मेहमान को बार-बार छीनने की कोशिश में जुटने वाले थे। चाचा, तुम कैसे समझ पाओगे कि लोगों के मिलने में संयोग सिर्फ़ इतना करता है कि समय ख़ाली कर देता है, जगह एकान्तिक छोड़ देता है और फिर पर्दे के पीछे से छिपकर देखता है कि वे एक-दूसरे की ओर क़दम बढ़ा रहे हैं या नहीं और अगर उसे यह लग जाता है कि वे सचमुच एक-दूसरे की ओर जाने लगे हैं, तो वह अपने होने की महक छोड़कर वहाँ से हट जाता है, इसमें सब उसकी मदद करते हैं, सब, वे ग्राहक भी जो ठीक उस वक़्त केसर ख़रीदने आ जाते हैं जब तुम दुकान बन्द कर रहे होते हो।

'आप इन दिनों क्या पढ़ रही हैं?'

हाँ, वह मुझसे ही पूछ रहा था। बिल्कुल मुझसे ही जो लगातार उसके साथ ग़लतियाँ करती चली जा रही थी। मुझे समझ में नहीं आया कि वह क्या पूछ रहा है। मैं क्या पढ़ रही हूँ? कहाँ पढ़ रही हूँ? मैं कहीं नहीं पढ़ रही हूँ। मैं पढ़ चुकी हूँ। अब क्यों पढ़ूँ, कितनी मुश्किल से पढ़ाई का पहाड़ काटा है, अब उसी पढ़ाई के बारे में फिर बात! वो क़िस्सा ख़त्म हुआ। बड़े आये पूछने वाले, 'आप क्या पढ़ रही हैं?' नहीं, नहीं, नहीं, कुछ नहीं। ये मुझे क्या हो रहा है। मेरे मन में ये कैसे कैसे वाक्य आते चले जा रहे हैं, एक ऐसे व्यक्ति के बारे में जिसे मैं जानती तक नहीं। उसने क्या ग़लत किया है जो ये पूछ लिया। क्या वो मुझसे पेरू के राष्ट्रपति का नाम पूछता? मुझे चिढ़ क्यों हो रही है? चिढ़ क्यों, क्यों हो रही है मुझे यह चिढ़?

'मैंने कॉलेज में अपनी पढ़ाई पूरी कर ली है।'

'क्या पढ़ा है आपने?'

लो ये फिर बोला। हे भगवान् ये आदमी मेरे पीछे क्यों पड़ गया है। किश चाचा जल्दी क्यों नहीं आ जाते कि मेरा जंजाल कटे। मुझसे इतना कुछ क्यों पूछ रहा है ये? क्या मुझसे नौकरी करवाने का इरादा है? हमारे यहाँ छोरियाँ कहीं नौकरी करती हैं। ताऊ की छोरी ने की थी, ताऊ लोगों को जवाब देते-देते टेढ़े हो गये थे। पहले उसने पढ़ाई की और फिर नौकरी। बाबा रे बाबा। किसी को भी सहन नहीं हुआ। कैसे पीछे पड़े थे सब के सब। उसके साथ जो हुआ कुटुम्ब के लोग आपस में बोलने तक से घबराते हैं। ये आदमी मुझसे क्यों यह सब पूछ रहा है। काम न धाम, सवाल पर सवाल। चुपचाप क्यों नहीं बैठे रहते जनाब!

'मैंने साहित्य पढ़ा है।'

मैंने भी क्यों बोल दिया। क्यों बताती जा रही हूँ इसे, जो किसी तरह समय बिताने की ख़ातिर सवाल दाग रहा है। मुझे क्या पड़ी है कि इसे कुछ भी बताऊँ। क्या, क्या, क्या?

'कितनी ख़ूबखूरत बात है। आजकल क्या पढ़ रही हो?'

ओह, फिर सवाल! ये आदमी है या सवाल उगलने की मशीन। मुझे नहीं देना इसके सवालों के जवाब। मुझे नहीं देना। मैं चुप बैठूँगी। बिल्कुल चुप। थोड़ी देर में महाशय ख़ुद ही समझ जायेंगे कि मैं बोलना नहीं चाहती। 'तो तुम मुझे सवाल उगलने वाली मशीन बोलती थीं,' वह बाद के दिनों में मुझसे कहता था, 'और नहीं तो क्या, आप पूछते ही जाते थे, कोई भी बात!' 'और क्या बात करता तुमसे, क्या यह पूछने लगता कि जीव और ब्रह्म की एकता के वेदान्तिक मत के विषय में आपकी क्या राय है?'

'आजकल कुछ नहीं पढ़ रही।'

अपने को रोकते न रोकते मैं बोल पड़ी। ये मेरी जुबान को क्या हुआ है। बिना इजाज़त के चलती जा रही है। वह सब बोले दे रही है जो मैं किसी से कहना नहीं चाहती। ऐसे व्यक्ति से तो हरगिज़ नहीं। मगर क्यों? इसने ऐसा क्या कर दिया है कि तू इससे इतनी नाराज़ है। क्या इतना काफ़ी नहीं है कि ये सवाल उगलने की मशीन है।

'क्या? कुछ नहीं पढ़ रहीं। ऐसा कैसे हो सकता है। एक बार जिसने साहित्य पढ़ना शुरू किया वह बिना पढ़े कैसे रह सकता है? मैं यह मान ही नहीं सकता। आप बताना नहीं चाहतीं, ये अलग बात है पर मैं मान नहीं सकता कि जिसने एक बार साहित्य का स्वाद चखा है, वो उसे छोड़ सकता है। नहीं, नहीं ऐसा कैसे हो सकता है। कैसे, कैसे?'

वह यह सब मुझसे उतना नहीं जितना अपने आप से बोल रहा था। मैं थोड़ा-सा डर गयी। पता नहीं मेरे मुँह से ऐसा क्या निकल गया है जिससे यह आदमी बड़बड़ाने लगा है। मुझे लगा मेरे कहने से उसे चोट पहुँची है। क्या उसका कोई गहरा विश्वास डिग गया था जिसे संभालने की कोशिश में वो बड़बड़ाने लगा था। 'सच कहूँ, आपने मुझे सचमुच डरा दिया था, मुझे लग रहा था कि मैंने आपका कोई घाव कुरेद दिया हो, क्या ऐसा था?' 'मुझे याद नहीं मुझे क्या हुआ था। मुझे इतना झटका शायद इसलिए लगा हो कि वीना से अलगाव के बाद मुझे साहित्य पर ही यह भरोसा था कि वह मुझे कभी अकेला नहीं छोड़ेगा, कि न सिर्फ़ वह अपना संग मुझे देता रहेगा बल्कि वीना के साथ बिताये समय को भी मेरे क़रीब लाता रहेगा। तुम्हारे वह कहने से शायद यह महसूस हुआ होगा कि साहित्य का भी कोई भरोसा नहीं है। वह भी छोड़कर जा सकता है। तब किसका भरोसा किया जाये?

मनुष्य के पास ऐसा कुछ भी नहीं बचा जिस पर वह शुरू से अन्त तक भरोसा कर सकता हो।' 'आपको पता है, मैं आपके बड़बड़ाने से इतना डर गयी थी कि मैंने जल्दी-से झूठ बोल दिया था। दरअसल मैं आजकल दोस्तोयवस्की की लम्बी कहानी 'सफ़ेद रातें' पढ़ रही हूँ।'

मुझे ऐन वक़्त पर यह किताब याद आ गयी जो मैंने कॉलेज की पुस्तक प्रदर्शनी से बिना सोचे-समझे ख़रीदकर अपनी मेज़ पर डाल ली थी लेकिन जिसका एक पन्ना भी पलटा नहीं था। मेरे मुँह से किताब का नाम सुनते ही उसके चेहरे की उद्विग्नता काफ़ी हद तक शान्त हो गयी। अब वह केवल उसकी टेढ़ी हुई भँवों में बची रही, एलिस की अद्‌भुत चेशर बिल्ली की मुस्कान की तरह। फिर कहीं बहुत गहरे-से ऊपर आकर एक अजीब-से प्रसन्न भाव ने उसके चेहरे को घेर लिया। उसकी आँखों में चमक लौट आयी।

'दोस्तोयवस्की पढ़ रही हैं, वो भी 'सफ़ेद रातें'। दुख के ठण्डे पानी में गोते लगा रही हैं। ओह, वो क्या कहानी है! उसके बारे में आपको एक अजीब बात बताता हूँ। उसे पहली बार पढ़ने पर मुझे उसमें एक उपमा बहुत पसन्द आयी थी जो मेरी याद में अटकी रह गयी थी जहाँ अपने प्रेमी का इन्तज़ार करती उस लड़की के हाथों को अपने हाथ में लेकर कहानी के नायक को लगता है कि उसने मानो ऊन के गोले को अपने हाथों में लिया है। ऊन के गोले जैसे कोमल हाथ! मैं उस उपमा पर मुग्ध रहा आया कई दिनों तक। जानती हैं जब मैंने उसको खोजने वह कहानी दोबारा पढ़ी, मुझे वह उपमा कहीं नहीं मिली। मैंने कहानी तीसरी बार पढ़ी पर वह उपमा कहीं नहीं थी। मैं हैरान हो गया कि आख़िर मैंने ऊन के गोलों जैसे हाथ कहाँ महसूस किये थे। कहाँ? फिर अचानक एक दिन मुझे कुछ याद आया। जब मैं 'सफ़ेद रातों' में डूबा हुआ था, रात-दिन मुझे उसी कहानी के ख़याल आते रहते थे, मैंने सेन नदी के किनारे पहली बार वीना के हाथों को छुआ और वे मुझे ऊन के गोलों जैसे महसूस हुए। मेरे जाने-अनजाने शायद उसका वह कोमल स्पर्श 'सफ़ेद रातें' में जुड़ गया होगा और मुझे यह लगने लगा कि मैंने ऊन जैसे कोमल स्पर्श को 'सफ़ेद रातें' में पढ़ा है। मैं कई बार सोचने लगता हूँ कि हर ख़ूबसूरत कहानी अपने भीतर ख़ाली जगहें लेकर आती है जिसमें हमें अपने अनुभव के रंग भरने होते हैं। पाठक शायद वही व्यक्ति हो सकता है जो ख़ुद को कहानी में उड़ेलकर उसे पूरा करने का जोखिम उठा सकता हो, कहानी के भीतर अपने जीवन से सामना करने की सामर्थ्य रखता हो। पर कौन जाने यह सब कैसे होता है? आप क्या सोचती हैं?'

वह कुछ देर तक डूब कर बोलता रहा। उसके हाथ हवा में उठते मानो किसी विचार को हवा में ही थामने की कोशिश में हों।

'उस दिन आप मुझे लगातार देखकर क्यों बोल रहे थे?' मैंने बाद में उससे पूछा था। 'मैं तुम्हारे चेहरे पर से नज़रें हटा नहीं पा रहा था! तुम्हारे बाएँ गाल पर एक

मच्छर बैठा था।' मैंने अपने अन्दर झाँका। मेरे अन्दर उसके प्रति सारी चिढ़ के भाव अब तक सम्मान के चिह्नों में तब्दील चुके थे। बाहर फाटक के खुलने की आवाज़ हुई। मैंने आँखें उठाकर दरवाज़े के पार झाँका, किश चाचा चले आ रहे थे।

'ये वीना कौन है?' मेरे मुँह से निकला।

वो कुछ बोल पाता, इससे पहले ही किश चाचा कमरे का दरवाज़ा खोल चुके थे।

कुत्ता टहलता हुआ अहाते में आ गया है। 'कुत्ता घुस आया है,' कोई बोला। किसी दूसरे ने बिल्कुल शान्त स्वर में कहा, 'वह यहीं रहता है, अभी देखना किसी क्यारी के पास जाकर फैल जायेगा।'

बिद्दू

ये मलाल ज़िन्दगी भर रहेगा कि वो कमीना मेरे हाथों नहीं मरा। साले ने मौक़ा नहीं दिया। चोरों की तरह छिपकर मर गया। नहीं, चोरों की तरह नहीं, कुत्तों की तरह मार दिया गया। नाली में पड़ा मिलता तो मेरी आत्मा को बड़ी ठण्डक मिलती। सुना है पोस्टमार्टम में उसका पेट ख़ाली मिला था। ख़ाली पेट मरा है सो उसका भूत हलवाइयों की दुकानों के चक्कर काटता रहेगा। वन्दो को लेकर मरता तो हमारी बला कटती। ये छिनाल भी मर जाती तो क़िस्सा ख़तम होता। अब मरा हुआ मुँह लेकर छत पर बैठी है, शोक मन रहा है। ख़ानदान के दुश्मन की मौत का शोक मन रहा है। मैंने कितनी बार पिताजी से कहा था, इस चुड़ैल को पढ़ाओ-लिखाओ मत। घर का काम सिखाओ और सत्रह की होते ही दफ़ा कर दो। ये रोज़-रोज़ का कॉलेज जाना ठीक नहीं। लेकिन नहीं, वे तो सारे जहान में गाते फिर रहे थे कि इतनी पढ़ी-लिखी लड़की हमारे गाँव के दस-दस कोस दूर तक कोई नहीं है। इसी में उनकी शान थी। पढ़ी-लिखी शान। लो अब संभालो, गाँव के दस क्या, सौ कोस दूर से ऐसे लच्छन वाली लड़की ढूँढ़ लाओ। लाओ ढूँढ़ के ऐसी जो अपने बाप पर, अपने ख़ानदान पर कालिख पोतती चली जाये। नहीं मानेंगे। कितना ही क्यों न समझाओ, नहीं मानेंगे। पढ़ाएँगे, लिखाएँगे और ख़ुद तीर्थ जाकर बैठ जायेंगे। इतना ही काफ़ी नहीं था कि घर के लोगों ने वो तमाशा करने की छूट उसे दे दी।

वाह रे तमाशा। वाह री छूट। घर में पैसे की कमी थी कि इसे वो तमाशा करने दिया गया। फिर उसमें पैसे भी कहाँ थे? अपनी गाँठ के ही लगाती होगी। बिना पैसों के भी कहीं ये सब तमाशे किये जाते हैं। या शायद कुछ आता होगा जो वो साला बीच में ही हड़प जाता

होगा। मैंने कितना कहा, कितने प्यार से कहा, 'वन्दो ये तू क्या करती रहती है, लोगों के सामने ये सब करना कहीं भले घर की लड़की को शोभा देता है? क्यों पड़ना इस झमेले में? क्या मिलेगा इससे?' इस पर बोलती क्या है, 'भैया तू ऐसा क्यों सोचता है? इसी तरह का शो फ्राँस का एक बड़ा लेखक भी करता है। बहुत-सी कृतियों और विचारों में बहुत-सी दूसरी कृतियों और विचारों के लिए सखा-भाव होता है, मैं इसी सखा-भाव को बूझ कर उन्हें एक-दूसरे के क़रीब ला देती हूँ जैसे किन्हीं अनजाने दोस्तों को मिला रही होऊँ, बस, इतना-सा तो करती हूँ, नहीं समझे, क्या करें।' (ये मुझे क्या हुआ है, वन्दो की सारी बात वैसी की वैसी याद है, 'कृतियाँ,' 'विचार', 'सखा-भाव' ये सब मेरे दिमाग़ में कैसे बचे रहे, बल्कि वहाँ घुसे ही कैसे? मुझे किसी वैद्य के पास जाना पड़ेगा, अपने दिमाग़ की सफाई के लिए) फिर बोली, 'तू नहीं समझेगा क्योंकि तू समझना ही नहीं चाहता।'

सच्ची बात है, मैं क्यों समझूँ, मुझे क्या पड़ी है? लेकिन, मैं क्यों नहीं समझूँगा, मैंने क्या जीवन-भर अपनी ऐसी-तैसी करवाई है जो तेरे फ्राँसीसी लेखक के कारनामे नहीं समझूँगा। उसी चूतिया ने तुझे यह चोंचला बताया होगा और तू फँस गयी उस हरामी के जाल में। बता क्या घण्ट कर लिया तेरे उस फ्राँसीसी फिरंगी ने वो तमाशा करके? लखपति हो गया, करोड़पति हो गया? या लन्दन में हवेली ख़रीद ली? साले, औरतों को फँसाने इंटरनेशनल जाल बुन रखा है। कोई फ्राँस में बुन रहा है, कोई अमरीका में, कोई कहीं...।

इसलिए कह रहा हूँ वो कमीना अच्छा हुआ मर गया वरना फिर कोई नया जाल बुनता। ऐसे लोगों की फ़ितरत ही ऐसी होती है। कहीं इसे फँसा, कहीं उसे फँसा। किसी को ठीक से जीने नहीं देना है। ख़ुद अच्छे-से जीते रहते हैं, दूसरों का जीना मुहाल कर देते है। साले बड़े भारी चिन्तक की मूत बने फिरते थे। थे घटिया-से लाइब्रेरियन और वो भी उस सड़ी-गली लाइब्रेरी के। और ख्वाब तो देखो, फ्राँसीसी लेखक। वाह भाई वाह! वाह रे तेरा फ्राँसीसी लेखक! बचा लिया क्या तुझे उस फ्राँसीसी लेखक ने कुत्ते की मौत मरने से? बोल अपनी मरी जुबान से ही बोल, बचा लिया क्या? हम तो एक बात जानते हैं जैसे लच्छन वैसी मौत! फल भोगना पड़ता है, दादा, फल। ऐसे ही नहीं छूट जाता कोई। परायी लौंडिया को दबोचोगे ओर सोचोगे कि कोई नहीं देख रहा। वाह! कैसे नहीं देख रहा। वो ऊपर वाला वहाँ बैठा-बैठा मक्खियाँ नहीं मार रहा है। वो हरेक पर नज़र रक्खे है, इधर तुमने कमरे का दरवाज़ा बन्द किया, उधर उसका टी.वी ऑन हुआ। वहाँ सारी रिकार्डिंग चल रही है, कुछ छूट नहीं रहा। सारे लच्छन टेप-बन्द किये जा रहे हैं और उन्हीं के हिसाब से लोग-बाग निपटाये जा रहे हैं।

वन्दो, भोगना तो तुझे भी पड़ेगा। आज नहीं तो कल। मैंने पच्चीस बार किशोर चाचा से कहा कि मुझे निपटने दो इन दोनों से। मुझे। लेकिन वो भी समझदार के

बाप बने फिरते हैं। कहते थे धीरे से सब ठीक कर लेंगे। लो कर लो धीरे से। वो तो शान से मर कर चल दिया और हमारे मुँह पर गू पोत गया। कहाँ छिपाते फिरें अपना मुँह, है कोई सन्दूक जहाँ घुस कर बैठ जायें। कर लो धीरे से सब ठीक। उसकी लौंडिया को शुरू में ही धर लेते, उसकी उस चिनघुटिया को, साला ज़रा में चीं बोल जाता। या उसकी टाँग तुड़वा दी जाती। पर नहीं, हम तो समझदार के बाप हैं। अरे वन्दो की टाँग तो अपनी थी, उसे क्यों नहीं तोड़ा? नहीं, बड़े सयाने बने फिरते हैं। अब कहाँ ले जाओगे ये सयानापन, बिना मारे सबको लग रहा है कि उसे हमने मार डाला है। मार भी न पाये और तोहमत लग गयी। ये सारा झमेला तभी ठीक हो जाता। बिल्कुल तभी ठीक हो जाता जब वन्दो का आना-जाना बन्द किया था। तब चौकसी ज़ोरदार करनी थी। साली को ताले में डाल देना था। लेकिन नहीं, हम शरीफ़ लोग हैं, अपनी बिटिया को कमरे में कैसे बन्द करें। अरे जब घर से आना-जाना बन्द कर सकते हो, टेलिफ़ोन पर ताले डाल सकते हो तो कमरे में बन्द कर देने में क्या बुराई थी। कब तक अपना मरा हुआ मुँह लिए रहती? कमरे में पड़े-पड़े होश ठिकाने लग जाते। नहीं तो साली के चेहरे पर तेजाब क्यों नहीं डाल दिया, लो ये रहा इसका जला हुआ चेहरा, लाइब्रेरियन साहब अब इससे फ़रमाओ इश्क! किश चाचा तैयार हो गये होते तो मुश्किल ही क्या था। तौलिए को तेजाब में भिगा लिया जाता और मौक़ा पड़ते ही उसकी गोरी चमड़ी पर फेर दिया जाता। ओ हो, चमड़ी ही थी, कोई गहरी चीज़ तो नहीं। जल भी जाती तो क्या, आत्मा तो बची रहती, हाँ, आत्मा जहाँ सिर्फ़ फ़्राँसीसी घुस पाते हैं।

कोई किसी को घूर कर नहीं देखता। सब एक-दूसरे को इस तरह देखते हैं मानो कह रहे हों, 'हम यहाँ आपसे भी मिलने आये हैं।'

मृदुला

तब मैंने यही सोचा था कि किशोर लाल कोठारी का कहना ठीक है। इससे इनकी बड़ी बदनामी हो रही है। मुझे देखते ही अगर कोई दो परिचित आपस में बात करने लगते, मुझे लगता सुदीप्त के रास्ते मेरा मज़ाक उड़ा रहे हैं, या मुझ पर दया कर रहे हैं। मैं किसी तरह अपने को समझाती। दो लोगों के क़रीब आने के कई कारण हो सकते हैं। सुदीप्त का किसी और के क़रीब आना उसकी मेरे से क़रीबी को कैसे घायल कर सकता है। ख़ुद सुदीप्त की आँखों में मुझे ऐसा कभी नहीं दिखा कि वह मुझसे ज़रा भी दूर हुआ हो। पर तब भी मैं आसपास के लोगों को देखकर ख़ुद अपने अनुभव को झुठला देती और तब उससे मेरी क़रीबी का सच दूसरों की अफ़वाहों के धुँधलके में घिर कर दिखायी देना बन्द हो जाता। और मैं दोबारा बेचैन हो उठती। किशोर भाई भी अक्सर मुझे फ़ोन करते रहे थे। बिना अपना नाम बताये। उन्हें बेनाम फ़ोन करने क्या ज़रूरत थी ? शायद यह कि अपना नाम छिपाकर ही वे गलियों में हो रही बातों के उदाहरण बन पाते। पर मैं हर बार उन्हें पहचान जाती थी। उनकी आवाज़ की बुनावट से उतना नहीं जितना उसमें काँपते चिन्ता और पाखण्ड के तारों के कारण। पर तब भी मैं उनसे इस तरह बात करती मानो किसी गली के व्यक्ति से कर रही हूँ। वे मुझे तरह-तरह से सुदीप्त के बारे में डराते। कई बार उनके स्वर में महीन-सी धमकी भी होती। मैं उन्हें सिर्फ़ सुनती। सुनती और फ़ोन रख देती। उन्हें धीरे-धीरे यह लग गया कि मैं उन्हें पहचान जाती हूँ। एक दिन किशोर भाई ने बेनामी का परदा ख़ुद ही फाड़ डाला, मुझे फ़ोन किया और अपना नाम बताकर मुझसे बोले, 'मृदुला जी, अगर आपको अपना घर नष्ट होने से बचाना है, मुझसे एक

बार मिल लीजिए।' मैं हामी भरती, इससे पहले ही उसने मुझे मिलने के लिए शहर के पश्चिमी भाग के उस रेस्तराँ में बुलाया जो सिर्फ़ दोपहर में खुलता था। इसमें छोटे-मोटे व्यापारी दोपहर का भोजन करते थे और लगभग हर तरह के धन्धे वाले शाम को चाय पीने आते थे।

सूरज के आसमान में चढ़ते ही मैं घर से निकल पड़ी। सुदीप्त पहले ही लाइब्रेरी जा चुके थे। तेज़ धूप साड़ी से ढके मेरे शरीर के कतरे-कतरे को पीली आँच में लपेटने लगी। जब मैं लगभग झुलसने लगी, मुझे ख़याल आया कि मैं छाता लेना भूल गयी हूँ। मैं तुरन्त घर की ओर लौट पड़ी। मुझे कुछ राहत भी महसूस हुई। इस तरह आने में मुझे चैन था। अब नहीं जाती किशोर भाई से मिलने। पता नहीं क्या बखेड़ा हो जाये। पर मुझे अपना घर बचाना था, वही घर जिसकी ओर जाते हुए मुझे राहत मिलती थी। मैं छाता लेकर दोबारा बाहर आ गयी।

रास्ते भर काँप रही थी। बराबर इधर-उधर नज़रें दौड़ा रही थी कि कहीं कोई परिचित न दिख जाये। सँकरी गलियों से गुज़रते हुए जैसे ही मैं रेस्तराँ के पास पहुँची, मैंने देखा उसके बाहर भीड़ है। मैं तुरन्त वापस लौटने लगी। अभी दस क़दम ही चली होऊँगी कि देखा, सामने से किशोर भाई चले आ रहे हैं। मैंने उन्हें देखकर भी नहीं देखा। सोचा चुपचाप निकल जाऊँ। उतनी भीड़ में किसी ने देख लिया तो क्या कहेगा। मैंने सुना था कि किशोर भाई जगह-जगह सुदीप्त को गाली देता फिरता है, मैं उसके साथ दिख गयी तो लोग क्या सोचेंगे। नहीं, नहीं मुझे नहीं मिलना किशोर लाल कोठारी से। मेरी हालत जैसी है, ठीक है। मैं किसी के साथ मिलकर सुदीप्त के ख़िलाफ़ कुछ नहीं करूँगी। यह ओछापन होगा। उसे पता चल गया, वह कहेगा कुछ नहीं, चुप रहा आयेगा पर उसकी नज़रों के सामने कभी नज़रें उठा नहीं पाऊँगी। इस तरह मेरा एकमात्र सुख छिन जायेगा। उसकी मेरी ओर उठी नज़रों में प्रेम और सम्मान के बीच का कुछ काँपता रहता है, कुछ ऐसा जिसे बताना कठिन है पर उसे मैं भीतर तक अनुभव करती हूँ, करती रहती हूँ। लगभग दौड़ती हुई-सी मैं उसके पास से गुज़र गयी। चलो बच गयी, सोचकर तेज़ी से क़दम बढ़ाने लगी। मेरी साड़ी बार-बार मेरे भागते क़दमों में फँस जा रही थी। अभी कुछ दूर चली बल्कि दौड़ी होऊँगी कि पीछे से आवाज़ आयी।

'मृदुला जी...'

मुझे जैसे साँप सूँघ गया हो। वहीं की वहीं खड़ी रह गयी। मानो चोरी करती पकड़ी गयी हूँ। सँकरी-सी सड़क में मेरे पाँव पल भर को निष्प्राण हो गये। मैं मानो अपने थमे हुए पाँवों पर टँगी रह गयी होऊँ। जैसे ही मैं मुड़ी, डरते-डरते, बिल्कुल धीमे से, सामने अलीम खड़ा था। मेरी घबड़ाहट थोड़ी कम हुई, पाँवों में ख़ून का बहाव महसूस हुआ, मेरे चेहरे पर न जाने कितनी गहराई से ऊपर आयी मुस्कराहट यहाँ-वहाँ छिटक गयी। अलीम लाइब्रेरी में सुदीप्त को सहयोग देता था। रात-दिन

पढ़ता रहता। कहता था कि वह लाइब्रेरी की नौकरी इसलिए कर रहा है कि ख़ूब पढ़ सके लेकिन वह सुदीप्त की तरह लाइब्रेरी में ही नहीं रह जायेगा। उसे कोई बड़ी नौकरी करनी है।

सुदीप्त उसे छेड़ता, 'तुम लाइब्रेरी का शाही कारोबार छोड़कर कलेक्टरेट की क्लर्की करोगे, इसीलिए मेरी लाइब्रेरी को दुह रहे हो। अभी तुम किताबों के बादशाह हो, फिर फाइलों के ग़ुलाम हो जाओगे। महाशय, लाइब्रेरी और जगहों जैसी साधारण नहीं है। इतनी-सी जगह में सैकड़ों-करोड़ों संसार दुबके पड़े हैं। किसी किताब को खोला नहीं कि कोई ख़ास संसार सामने आकर थरथराने लगता है। आपको अपने भीतर आने का न्योता देने लगता है। अलीम मियाँ ऐसे ब्रह्माण्ड की बादशाहत छोड़कर लगान वसूली में ज़िन्दगी गर्क करने का इरादा भी कोई इरादा है।'

मैंने कई बार अलीम से भी वन्दना और सुदीप्त की पूछताछ करनी चाही थी पर अलीम बहुत ज़हीन लड़का था, सुदीप्त की बेइन्तहा इज़्ज़त करता था और मेरा उसी वजह से आदर, हर बार वह मेरी बात को इस तरह टाल जाता जैसे मुझे भी इस पूछताछ के कीचड़ में गिरने से बचा रहा हो। उसके कन्धे पर चमड़े का बैग टंगा था और हाथों में कुछ किताबें थी, उसने उन्हें मेरी ओर बढ़ाया और बोला,

'ये पुस्तकें सर को देनी थीं। मुझे अभी उस तरफ़ जाने में देर है। अगर आप लेती जायें तो बेहतर वरना मैं...'

वह पूरा बोल पाता इसके पहले ही मैं बोल पड़ी 'क्यों नहीं, मैं ले जाऊँगी।'

अलीम ने बैग से प्लास्टिक का तह किया थैला निकाला और उसमें तीन-चार किताबें रखकर मेरे हाथों में दीं। मैं किताबें लेकर जैसे ही घर की ओर बढ़ी, पीछे से फिर आवाज़ आयी। अबकी बार यह किशोर लाल की थी। वह क़रीब आ गया। ऊपर हलकी नीली क़मीज और साथ में पायजामा। उसकी मुस्कराहट में कुछ ऐसा भाव था कि उसे किसी तरह की जीत हासिल हुई हो।

'नमस्ते, मृदुला जी, आज यहाँ कहाँ निकल पड़ीं?'

उसकी मुस्कराहट लगभग हँसी के किनारे तक आ गयी थी। मेरी धड़कन अचानक बढ़ गयी। वह अँगुलियों के पोरों तक में महसूस हो रही थी। एक तरफ़ अलीम था, एक तरफ़ किशोर लाल। मैं किसी भी तरफ़ नहीं मुड़ नहीं सकती थी। अलीम ने कहीं यह सुदीप्त को बता दिया तो? अब क्या किया जा सकता है? मैंने ही किशोर लाल को यहाँ मिलने की सहमति दी थी। किशोर लाल ऐसा नाटक कर रहा था कि मानो हम अचानक मिले हों। वह चाहता तो ऐसा नहीं भी कर सकता था। हो न हो वह सचमुच चाहता होगा कि यह मुश्किल सुलझ जाये। पर क्या वह उसके लिए भी मुश्किल थी?

'कहिए किशोर भाई, कैसे हैं? क्या आप अलीम को जानते हैं?'

मैंने अलीम की ओर उसका ध्यान खींचा जबकि वह उसे पहले ही देख चुका होगा।

'क्यों नहीं ? ये सुदीप्त जी के साथ लाइब्रेरी में हैं। मैंने इन्हें वहाँ कई बार देखा है। कहिए अलीम मियाँ कैसे मिज़ाज हैं ?'

अलीम गुमसुम किशोर लाल की तरफ़ देखे जा रहा था। शायद उसे उसकी हरकतों का पता था। या शायद सिर्फ़ इसलिए कि उसकी किशोर लाल से बहुत पहचान नहीं थी। उसका चेहरा कुछ खिंच-सा गया। वह धीरे-से बोला मानो किशोर लाल से नहीं, ख़ुद से बोल रहा है।

'बेहतर हैं। मैं चलूँगा, मृदुला जी!'

वह रेस्तराँ के सामने से होता हुआ शहर के उस इलाक़े की ओर चला गया जहाँ पहाड़ थे। मैं तब तक उसे देखती रही, जब तक वह दिखता रहा।

'चलिए, बैठते हैं,' वह फुसफुसाया।

मैं मन्त्रकीलित-सी किताबें का थैला उठाये उसके साथ रेस्तराँ की ओर बढ़ने लगी। वह खाने की जगह अधिक थी। सिर्फ़ चाय या कॉफ़ी के बहाने बातें करने वाले वहाँ कम ही थे। शायद केवल हम। अन्दर जाते ही मुझे मितली-सी होने लगी : चारों तरफ़ सब्ज़ियों, दालों, चटनियों, अचारों की गन्ध फैली थी। किशोर लाल आगे चल रहा था। उसे इस सारी गन्ध राशि से कोई ख़ास फ़र्क़ पड़ता नहीं था। उसे असली धन्धेवाले की तरह अपने काम के अलावा न कुछ दिखायी दे रहा था, न कुछ सूँघ पड़ रहा था। और इस वक़्त उसे काम क्या है, हम दोनों जानते थे। मैं चाहती तो अब भी लौट सकती थी। मैं चाहती भी थी लेकिन मेरे पाँव जैसे अब मेरे वश के बाहर थे। अपने किसी अज्ञात भय के वशीभूत मेरा समूचा शरीर वह सब किये जा रहा था, जो मुझे ख़ुद ही अटपटा लग रहा था।

'बैठिए, मृदुला जी!'

पास लगी मेज़ की ओर इशारा कर किशोर लाल ख़ुद उसके एक ओर लगी कुर्सी पर बैठ गया। उसके सामने की ख़ाली कुर्सी पर अख़बार रखा था। मैं उसे हटाकर बैठ गयी। किताबों का पैकेट पास की कुर्सी पर रख लिया। मेरी घबराहट धीरे-धीरे बढ़ती जा रही थी। तभी उसकी आवाज़ आयी।

'क्या लेंगी ?'

उसके बोलते ही बिल्कुल गन्दे कपड़े पहने बैरा कन्धे पर उतना ही गन्दा तौलिया डाले हमारे बगल में आकर खड़ा हो गया। उसके चेहरे पर दिनभर की थकान पसीने के बूँदों में इकट्ठा हो गयी थी।

'कुछ भी!' मैं बोली।

उसने बैरे को क्या कहा, मैं सुन नहीं पायी। अब तक मेरे कानों में ख़ून के दौड़ने की आवाज़ इतनी तेज़ थी कि उसी के बीच में ही मुझे कुछ-कुछ सुनायी पड़ रहा था मानो धड़कनों के कोनों से तिनकों की तरह चिपके कुछ शब्द मेरे कानों में तैर जाते हों। धक्, धक्, धक्, धक्। 'आपसे कुछ छिपा नहीं है, धक्, धक्, धक्।'

किशोर भाई बोल रहा था। धक्, धक्, धक्, धक्, 'यह सब किसी तरह रोकिए, धक्, धक्, धक्, धक्।' 'आप किस बारे में धक्, धक्, धक्, धक्, बात कर रहे हैं?' धक्, धक्, 'आपको धक्, धक् नहीं पता, धक् - धक्।' मुझे अपनी धड़कनों के पीछे से किशोर लाल की फ़ीकी-सी आवाज़ सुनायी पड़ रही थी। मानो वह लहराते परदे के पीछे से कई दिशाओं में फैलती हुई आ रही हो। धक्, धक्, धक्, धक्, 'मृदुला जी हमारी बड़ी बदनामी, मतलब धक्, धक्, आप लोगों की बड़ी बद...धक्, धक्, धक्, धक्, धक्।' 'मैं क्या करूँ धक्, धक् धक्? आप ही...धक्, धक् धक्।' 'मैं वन्दना से धक्, धक् कड़ाई धक्, धक् धक् करूँगा। आख़िर वो धक्, धक् भतीजी है धक्, धक्। आप उसे अपने धक्, धक् घर मत, धक्, धक् धक् धक्।'

मैं लगातार आँखें घुमाकर चारों ओर देखती जा रही थी। पास की लगभग सभी दस-बारह मेज़ों पर लोग खाने की थालियों पर झुके थे। हमारे बिल्कुल क़रीब की मेज़ पर एक औरत बैठी धीरे-धीरे स्टील की थाली से उठाकर कुछ खा रही थी, उसके सामने बैठे दो बच्चे, एक लड़का और एक लड़की अपने हाथों से खाते हुए ढेर-सा खाना गिरा रहे थे। 'आप सुदीप्त साहब को धक्, धक् धक्...कुछ...धक्, धक्। इतने अद्‌भुत आदमी...धक्, धक्, धक्, धक्...वे इस चक्कर में...धक्, धक्।' मुझे लगा मेरी पीठ की ओर से अलीम रेस्तराँ में घुसा है। उस समय तक बैरा हमारे चाय के प्याले मेज़ पर रख गया था। मैंने झट से किताबों का बैग उठाया और खड़ी हो गयी।

'आप जो चाहें तो सु...प...धक्...जी....धक्, धक्, धक्, धक्।' अगले ही क्षण मैं तेज़ी से दरवाज़े की ओर भाग रही थी। मेरी साड़ी बार-बार मेरे भागते पैरों में उलझ रही थी। धक्, धक्, धक्, धक्। धक्, धक्, धक्, धक्। धक्, धक् मैं भागी जा रही थी। धक्, धक्, धक्, धक् पीछे से आता किशोर लाल का स्वर मुझे सुनायी देना लगभग बन्द हो गया था। अब सिर्फ़ मेरी धड़कनें ही थीं जो गिरती बूँदों-सी मुझे हर ओर से आती सुनायी दे रही थीं। मानो मैं अपनी ही धड़कनों की बारिश से होकर गुज़र रही हूँ। मैं जल्दी ही दरवाज़े से बाहर हो गयी।

लगभग दौड़ते हुए मैंने पूरा रास्ता काटा। घर आकर धप्प से बिस्तर पर गिर पड़ी मानो हर ओर से तीरों से भेद दी गयी हूँ।

अगले ही दिन वन्दना के घर से निकलने पर पाबन्दी लग गयी। एक तरह से तो मैं यही चाहती थी पर मुझे वह ख़ुशी नहीं हो रही थी जो हो सकती थी। यह नहीं कि बिल्कुल ख़ुशी न हुई हो। वह हुई थी। एकबारगी मुझे लगा था कि अब मेरे जीवन का फँसाव दूर हो गया है। मेरे और सुदीप्त के बीच आशंका की मँडराती छाया हट गयी है। मैं जो उससे कुछ दूर ठिठक-सी गयी थी, अब उसके क़रीब और क़रीब जा सकूँगी। और वह मेरे। ऐसा बिल्कुल लगा था, कम-से-कम कुछ देर को

ऐसा बिल्कुल लगा था। कहने को यह मेरा किया हुआ नहीं था, नहीं ही था, मैं ऐसा कुछ करने या करवाने का सोच भी नहीं सकती थी, पर मेरे मन में सन्तोष की धुँधली-सी परछाईं कुछ इस तरह फैल गयी थी मानो मेरा ही कोई काम पूरा हो गया हो। मैं तब यह जानना शुरू ही कर रही थी कि ऐसा कोई सम्बन्ध नहीं जो किसी के हटने भर से बन जाता हो। वस्तुओं और व्यक्तियों में यह भी एक फ़र्क़ है : वस्तुएँ हटने को हट जाती हैं पर व्यक्ति हटने पर वहाँ और भी अधिक उपस्थित हो जाते हैं जहाँ से उन्हें हटाया जाता है। वे नज़र भले न आयें, पर वे उस जगह होते हैं और जब आपका हाथ उनसे ख़ाली करायी जगह पर जाता है, वे आपको उससे कहीं अधिक महसूस होते हैं जितने पहले होते थे।

वन्दना के घिर जाने से सुदीप्त बुझ गया। उसके चेहरे से, हाथों से, चलने के ढंग से गहरी निस्सहायता झरने लगी। बात वो वैसे भी कम करता था, अब बिल्कुल चुप हो गया। सिगरेट होंठों में दबाये अपने कमरे में भारी क़दमों से इस तरह टहलता रहता मानो पिंजरे में हो। शायद उसे इस सब में मेरी भूमिका पर सन्देह था। मैं उसे कैसे बताती कि मैं कुछ कर पाती इससे पहले ही मैं भाग खड़ी हुई थी। मैं उस आरोप की सफ़ाई कैसे देती जो मुझ पर लगा ही नहीं था। वह तेज़ी से कहीं दूर गिरता चला जा रहा था। जैसे कोई नक्षत्र अपनी कक्षा से भटक कर अन्तरिक्ष के शून्य में डूब रहा हो। जो सुदीप्त नज़र आ रहा था, वह उस सुदीप्त की केवल छूटी हुई परछाईं भर थी जो जाने कहाँ खो चुका था।

मैं उसे खाने के लिए आवाज़ देती, वो इस तरह मुझे देखता रहता कि समझ न पाया हो कि मैंने क्या कहा है। मेरे आवाज़ देने के बाद वो खिड़की के बाहर इस तरह देखता मानो ख़ुद को कहीं बेहद दूर से कुछ देर के लिए वापस बुला रहा हो। नुआ शायद यह समझती थी। उन दिनों वह अपने सारे सवाल ख़ुद से करने की कोशिश करती, ख़ुद ही अपने पेन में स्याही भरती, ख़ुद ही कॉपियों पर कवर चढ़ाती और सुदीप्त को अकेला छोड़ देती।

शो की शाम सुदीप्त लाइब्रेरी से उसी तरह नहीं लौटा जैसे पहले, जब शो होता था, नहीं लौटता था। वन्दना का शो ख़त्म होने के कुछ देर बाद ही उसके पैरों की आहट घर के अहाते में फैलती थी। मुझे चिन्ता हुई। मैं लाइब्रेरी की ओर भागी। शाम अपने अन्तिम सोपान पर थी। लाइब्रेरी की छत पर डूबते सूरज की किरणें फैल रही थीं। सीढ़ियाँ चढ़ते हुए मुझे अपने ही चलने की आवाज़ें सीढ़ियों से उतरती सुनायी दे रही थीं। लाइब्रेरी ख़ाली पड़ी थी। लम्बी मेज़ के चारों ओर लगी कुर्सियाँ में सिर्फ़ दो मेज़ से दूर और कुछ तिरछी रखी थीं। शायद आख़िर में गये दो पाठकों ने उन्हें वैसा छोड़ा होगा और सुदीप्त उन्हें बिना देखे ही बाहर निकल गया होगा।

वह कहाँ गया होगा?

मैं उसे कहाँ ढूँढूँ?

मेरे पास समय भी नहीं था। मुझे तुरन्त घर पहुँचना था। लखना नुआ को लेने जाने के लिए मेरा इन्तज़ार कर रहा होगा। नुआ लखना की राह तकती बैठी होगी। वह अकेली न हो गयी हो? मन में घबराहट फैलने लगी। कहाँ गया होगा? पहले लगा, बेकार परेशान हो रही हूँ। लेकिन कहीं बहुत भीतर मुझे वैसा ही लग रहा था जैसा तब लगता है जब कोई बीमार बीमारी के दौरान ही बिस्तर छोड़ कर कहीं चला जाता है। वह बीमार नहीं था। आज सुबह ही लाइब्रेरी आया था। कहीं रुक गया होगा। या रोक लिया गया होगा। वे उसे चोट भी पहुँचा सकते थे। या कोई दुर्घटना भी करवाई जा सकती थी। सड़क पर किताब खोलकर चलने वाले की दुर्घटना करवाना क्या मुश्किल है? क्या वे इतना गिर सकते हैं? कौन जाने? मैं यह सब क्यों सोच रही हूँ? क्या इतना आसान है किसी को भी चोट पहुँचाना? क्यों नहीं है, जब इस देश की एक स्वतन्त्र नागरिक को बिना उसकी मंशा के घर में क़ैद किया जा सकता है तो दुर्घटना करवाना क्या मुश्किल है? नहीं, नहीं कोई इतना क्रूर कैसे हो सकता है? क्यों, तुम नहीं हो क्रूर? वन्दना ने ऐसा क्या किया था जो तुमने उसकी आज़ादी छिनवा दी? मैंने? मैंने नहीं। मैंने उसे बन्द नहीं किया। मैं तो सिर्फ़ बर्फ़ के बारीक़ धागों से बने अपने घर को बचा रही थी, नुआ को सुरक्षित कर रही थी, ख़ुद सुदीप्त को अपवादों से दूर कर रही थी। पर क्या सचमुच मैं यही कर रही थी? ओफ़, मुझसे यह क्या हो गया? कुछ पलों के लिए ही सही, मैं कितना नीचे गिर गयी थी। कैसे ऊपर आऊँ, कोई रास्ता नज़र नहीं आता। कैसे आऊँ ऊपर? वन्दना को सब बता दूँ, शायद वह मेरी स्थिति समझ जाये। क्या वह मुझे माफ़ कर देगी? न भी करे, मैं हलकी हो जाऊँगी। लेकिन मैं वन्दना तक पहुँचूँगी कैसे? आख़िर कैसे? वह अपने ही कमरे में नज़रबन्द है। मन में इतने सारे सवालों का बवण्डर लिए मैं उस हॉल के पास से गुज़र रही थी जिसमें वन्दना का शो होता था। जान-बूझकर उस ओर देखने से कतरा रही थी। आज इस हॉल में न जाने कौन-कौन-सी कृतियों के विलक्षण टुकड़ों का अनूठा संयोजन हवा में फैल रहा होता। हॉल में दर्शक साँस रोके वन्दना की आवाज़ में ढलते वाक्यों को सुन रहे होते। वहाँ बिल्कुल शान्ति थी। शाम की आख़िरी उजास विदा होने को थी। सामने पेड़ से कुछ पत्ते रुकी हवा में नाचते हुए नीचे आ रहे थे। आँखों की कोर पर लगा कि कोई आकृति हॉल के फाटक के भीतर लेकिन दरवाज़े के बाहर निष्कम्प खड़ी हैं। मैं चौंक कर उस ओर मुड़ गयी। हॉल के दरवाज़े की ओर मुँह किये सुदीप्त खड़े थे। फाटक हलका-सा खुला था। उस पर जाती फीकी-सी उजास पड़ रही थी जो उसकी झुकी पीठ पर गिर कर मानो नीचे फिसल जा रही थी। उसका एक पाँव नीचे की सीढ़ी पर था दूसरा अगली सीढ़ी पर मुड़ा हुआ रखा था। इस तरह नहीं कि वह चढ़ रहा हो पर इस तरह मानो उसे उतना-सा ही जाना हो। दोनों हाथ गालों पर रखे थे बल्कि आहिस्ता-से टिके भर थे मानो कहीं और जाते-जाते गालों पर पल-दो-पल को

ठिठक गये हों। कुछ देर उसकी ओर देखती रही। पर जाने क्या सोचकर उसके पीछे जाकर मैंने उसके कन्धे पर हाथ रख दिया। वह पहले बिजली की-सी तेज़ी से मुड़ा फिर मुझे देखते ही धीमा पड़ गया। उसका चेहरा भीगा हुआ था और लाल आँखें जैसे असंख्य आँसुओं के परदों के नीचे दबी पड़ी थीं। इतने आँसुओं में कोई भी डूब सकता था। बिल्कुल कोई भी। इतने आँसुओं में। यह तो मैं हूँ जाने किस मिट्टी की बनी जो उसकी पीड़ा की सतह पर तैरती रही और आज तक उस किनारे पर खड़ी हूँ जिसे छोड़कर सुदीप्त का जहाज़ चुपचाप आगे निकल गया है।

अहाते के ऊँचे नीम के पेड़ पर धूप लगातार ऊपर की ओर सरक रही है। मानो गुनगुनी धूप की बाढ़ उतर रही हो और अँधेरे के लिए जगह छोड़ रही हो। पर हवा का ऐसा नहीं है। वह ऊपर से नीचे तक नीम की सभी डालों को, पत्तियों को बीच-बीच में हिला कर गुम हो जाती है।

मार्ग

उपन्यास ने लगभग आधा मार्ग तय कर लिया है। या शायद उससे कुछ अधिक या कुछ कम। मैं कुछ देर विश्राम के लिए यहाँ ठहरकर सोच में पड़ गया हूँ। यह उपन्यास पूरा होगा भी या मैं उसके पूरे होने का ताउम्र इन्तज़ार करता रहूँगा। यह मालूम करना मुश्किल है, बल्कि लगभग नामुमकिन है। मैंने सुना है कि उपन्यास के पूरे होने के कुछ पूर्व लक्षण होते हैं पर उनकी मुझे ख़बर नहीं है। मैं इसीलिए अब तक कवि भर हूँ, उपन्यासकार नहीं। और कवि भी अपनी पहले लिखी कृतियों की बदौलत केवल व्यवहारिक अर्थों में। वरना अभी न तो मैं उपन्यासकार हो पाया हूँ, न ही कवि बन पाया हूँ। लेखन के शून्य में किसी भटके हुए नक्षत्र-सा लटका हूँ। जैसे शतरंज का खिलाड़ी खेल के बीच में आकर अनुभव करता है : वह लगातार डूब रहा है और इससे बचने लगातार हाथ-पैर चला रहा है।

पर एक सवाल ज़रूर है...

मैं जिन पन्नों को उपन्यास में रूपान्तरित होते देखने को निकला था, उन्हें लेकर भटकते हुए मुझे अब इतना अरसा हो गया है कि उनके उपन्यास में बदलने या न बदलने की मुझे थोड़ी भी चिन्ता नहीं है। शायद मैं कुछ ऐसा लिख या काट रहा हूँ, बार-बार, दिन-ब-दिन जिसे लिखते और काटते ही जाना है बार-बार, दिन-ब-दिन। मानो मैं कोई पहाड़ चढ़ रहा हूँ। कई दिनों तक चढ़ने और उतरने के बाद जब सिर ऊपर उठाता हूँ, पहाड़ की चोटी दिखायी नहीं देती। मैं फिर चलने लगता हूँ। मेरे बुजुर्ग दोस्त कावालम मुझे कहते थे कि जिस दिन वे भागवत पुराण का मलयाली अनुवाद पूरा कर लेंगे, उनका समय आ जायेगा। उनके साथ वैसा ही हुआ। वे सालोंसाल भागवत का अनुवाद करते रहे और

अपनी नाज़ुक सेहत के सहारे भी अनोखा रंगकर्म करते रहे। पर भागवत का वह अनुवाद आख़िरकार पूरा होना ही था। हो गया। उसके क़रीब आठ महीनों बाद ही उनका बुलावा आ गया। कहीं इसी तरह इन पन्नों को ऐसा तो नहीं लग रहा कि इनके उपन्यास होते ही ये निष्प्राण हो जायेंगे, इसलिए ही अपना उपन्यास होना टालते जा रहे हैं। वैसे उनका डर ग़लत नहीं है। उपन्यास के पूरे हो जाने पर पन्ने जिल्द के भीतर बन्द हो जाते हैं। वे तभी प्राणवान हो पाते हैं जब कोई पाठक आकर उनमें अपनी साँसे भरता है। क्या ऐसा सचमुच होता है? क्या इसलिए मैं लिखने और काटते रहने के खेल में फँसा पड़ा हूँ। क्या मैं कभी इन पन्नों के पार नहीं हो पाऊँगा?

कुछ तो होगा कि मैं लगातार लिखता और काटता जाता हूँ। कुछ तो होगा इसके पीछे। मुझे उम्मीद ज़रूर है या शायद होगी। भले ही उसे मैं अपने भीतर साफ़-साफ़ देख नहीं पा रहा हूँ पर वह होगी ज़रूर। मुझे अपने भीतर यह उम्मीद होने की उम्मीद है कि ये पन्ने कभी तो उपन्यास का रूप ले लेंगे। कभी तो मैं असमाप्य पहाड़ की चोटी पर पहुँच पाऊँगा, फिर भले ही वहाँ पहुँच कर मैं ख़ुद बिल्कुल थोड़ा-सा ही बाक़ी रह पाऊँ। या शायद ऐसा न हो। बिल्कुल भी न हो और ये पन्ने जो मैं बरसों से लिखता रहा हूँ, बिखरे पन्ने ही रह जायें। मुझे अपने भीतर नाउम्मीद की भी उम्मीद है। पर इस उम्मीद और नाउम्मीद के बीच के खेल में मैं अकेला नहीं हूँ। मेरे साथ कुछ और भी हैं जिन्हें चरित्र कहा जाता है। चरित्र यानी ऐसी उपस्थितियाँ जो विशेष तरह से चलती हैं, अपना दिमाग़ चलाती हैं, अपनी शंकाओं को फैलाती हैं, अपने सद्भावों को बिखेरती हैं, अपने लगावों को बरतती हैं। विशेष तरह से। मैं इन्हें पहले नहीं जानता था। इनसे मेरा परिचय नया है। या लगभग नया। इन पन्नों में प्रवेश से पहले मैं इन्हें नहीं जानता था, अब कई बरस पन्नों पर इनके साथ रहने के बाद अगर इन्हें थोड़ा-बहुत जान सका हूँ तो इसमें इनकी ही मेहरबानी है। मेरी लगभग कुछ नहीं। मेरा हिस्सा सिर्फ़ इतना-सा है कि मैं इन्हें जानने की कोशिश में लगा रहा हूँ पर यह इन्हें भी पता है, मुझे भी कि हमारी विडम्बना यह है कि हमें अन्तिम रूप से जाना ही नहीं जा सकता। यह कोई भी नहीं कर सकता जब तक उसे मोक्ष न मिल जाये लेकिन तब शायद जिसे जाना जाता है वह हम, तुम, वह नहीं होता, कुछ और ही होता है। जब तक मैं मैं हूँ, तुम तुम हो, वह वह है हमें कोई नहीं समझ सकता। मैं ख़ुद को भी नहीं समझ सकता, न तुम तुम्हें, न वह उसे।

तब उपन्यास लिखना ही क्यों?

जब चरित्रों को समझा ही नहीं जा सकता, सालोंसाल सिर खपाने से फ़ायदा ही क्या?

इसका जवाब मुश्किल है पर दिया जा सकता है। मैं कोशिश करता हूँ। शायद उपन्यास लिखना या पढ़ना किन्ही चरित्रों के साथ भाषा के अरण्य में भटकना है। भाषा का अरण्य या ज़ुबान का जंगल। इसी जंगल में मैंने वन्दना के आँसू देखे,

मृदुला का डर में भीगा कर्तव्य-बोध, किशोर कोठारी का घमण्ड, स्नेहा का मित्र-प्रेम और साँवली का अजब जीवन। इन्हीं के सहारे मैं सुदीप्त से मिला, उस मरे हुए चरित्र से भाषा के अरण्य में। जुबान के जंगल में। वे भी मेरी तरह ही उस जंगल में भटक रहे थे। अपने होने के मायने को मृत्यु के आलोक में समझने की कोशिश करते हुए। वे भटक रहे थे। सर्दियों में धूप का, गर्मियों में पीले पत्तों के झरने का आनन्द लेते हुए। कभी कोई जाकर वाक्यों के बीच के अन्तराल में सो जाता, कोई अर्धविराम पर टिक जाता। कभी कोई भारी फाटक की तरह बीच में आ गये पूर्ण विराम को रास्ते से हटाकर अगले वाक्य की ओर बढ़ता।

जब भी मेरा इन चरित्रों से सामना होता, वे मुझे कुछ न कुछ ज़रूर सुनाते। बल्कि यह कहना ज़्यादा ठीक होगा कि उनका शरीर उनकी आवाज़ का ही बना था। वे सुनाने में ही होते थे। मैं उन्हें बिना रोके-टोके चुपचाप सुनता रहता था। साथ ही उनकी आवाज़ के नीचे कुछ कोरे पन्ने फैला देता जैसे हरसिंगार के फूलों के लिए ज़मीन पर चादर बिछायी जाती है। चादर पर बिखरे हुए ये हरसिंगार ही शायद आगे जाकर उपन्यास का रूप ले लेंगे। अगर ऐसा नहीं हुआ तो उसकी भीनी गन्ध ही मेरे कमरे में फैली रहेगी और मुझे यह याद कराती रहेगी कि मैं कुछ बरसों तक जुबान के उस जंगल में भटका था जहाँ मुझे अपनी स्मृति को जीवन्त बनाने का रास्ता खोजती वन्दना मिली थी या अपने गहन ऊहापोह को साधती मृदुला या अपने चारों ओर के समाज को आश्चर्य से ताकता लखना या अभाव के जल में धीरे-धीरे आँखें खोलती नुआ या केसर बेचकर गौरवान्वित होता किशोर कोठारी...।

'शो' को सुनने बूढ़े बहुत नहीं आते। विशेषकर सर्दियों में जब लौटते समय अँधेरे के रेशों की कँपकँपी उनकी त्वचा में सिहरन उत्पन्न कर जाती है। सड़क की रोशनियाँ कोहरे से इतनी ढक जाती हैं कि उनके ठीक नीचे कुछ हलका फीका पीला धब्बा-सा गिरा रहता था जो कभी-कभी अँधेरे की लहरों पर डोलता रहता। ऐसे में कौन घर का रास्ता पा सकता?

सुशीला

वैसे वन्दना की ग़लती क्या थी? उसने ऐसा क्या कर दिया था कि हम उसके पीछे पड़े रहे? सिर्फ़ सुदीप्त से दोस्ती? एक ऐसे आदमी से दोस्ती जिसके पास बैठने पर ख़ुद मुझे अपना आपा भला जान पड़ता था। थोड़ी-सी देर के लिए। उसके बात करने के ढंग में ही यह था कि आप अनजाने ही अपने जीवन की उन चीज़ों के महत्त्व को महसूस करने लगते थे जिन पर आपने ध्यान तक नहीं दिया था। उसके पूछने पर ही मुझे बरसों बाद अपने पैतृक मकान के अहाते का हरसिंगार याद आया था कि वह रोज़ झरता था कि मैं रोज़ सुबह उसके नीचे कुर्सी पर बैठ जाती थी और मेरे सिर पर फूल गिरते रहते थे। 'तब तो आप झरते हरसिंगार के घर की बेटी हैं।' वह मुझसे बोला था। यही तो था सुदीप्त, वन्दना की जिससे दोस्ती थी।

तब औरों के साथ मिलकर मैंने उसे इतना कष्ट क्यों दिया? शायद हमसे अपने बच्चों के चेहरों की वह चमक सहन नहीं होती जिसका सोता हम न हों। हाँ, वो वन्दना के चेहरे की चमक, आँखों का तेज ही था जो हमसे सहा नहीं गया, हमने उसमें ख़तरा भाँप लिया और उसे दूर करने में तन-मन-धन से जुट गये। कहीं ऐसा तो नहीं कि हम मनुष्यों को चिड़ियों की तरह ठीक से अपने बच्चों का माता-पिता हो पाना आया ही नहीं है। क़ुदरत ने केवल इतना-सा काम हम पर छोड़ा था, पर वह भी हमसे नहीं हो पाया। हम देख ही नहीं पाते कि हमारे बच्चों के पंख निकल आये हैं, इसलिए कब उन्हें अपने पर छोड़ देना है। माँ होने का हमने यह मतलब निकाला है कि तुम्हें अपने बच्चों से वही सब कराते रहना है कि जो हमेशा से होता आया है। तुम्हें बच्चों को इसी 'हमेशा से होते आये' की चादर में लपेट कर रखना है ताकि वे सुरक्षित रहें। चाहे वह सुरक्षा उन्हें खिलने से ही रोक दे।

जब हम विफल हो गये, हमने वन्दना का बाहर निकलना बन्द कर दिया। मैंने ही उसे यह फ़ैसला सुनाया था। इसे सुनकर उसने थोड़े आश्चर्य और थोड़े डर से मेरी ओर देखा था। उसमें थोड़ी दया भी थी। शायद थोड़ा-सा अपरिचय भी। पलकों के पीछे से धीरे-धीरे बाहर आयी उन आँखों को देखते ही मैं समझ गयी थी कि अब वन्दना को हमसे अलग होने से कोई नहीं रोक सकता। उसे घर में बाँधने की कोशिश कर हम उसके साथ अपने बचे-खुचे रिश्ते को भी तोड़ रहे हैं। लेकिन मैं यह किससे कहती? किश को पक्का भरोसा था कि वन्दना को बाहर जाने से रोकते ही सब ठीक हो जायेगा।

'भाभी तुम्हें पता नहीं, पूरा शहर हम पर हँस रहा है।'

किश इस तरह कम बोलता था। दुकान से घर आने पर वह हिसाब-किताब में उलझ जाता। चुपचाप उठकर नहाता और गीले कपड़े पहने-पहने खाना खाने बैठ जाता। उसके वह कहने से मैं चौंकी थी। तभी बिद्दू वहीं आ गया और हमेशा की तरह बड़बड़ करता-सा बताने लगा कि किस तरह वन्दना सुदीप्त के साथ गुलछर्रे उड़ा रही है। वह हमेशा की तरह ठीक से बताने की जगह, बार-बार सुदीप्त को और वन्दना को गालियाँ दे रहा था।

'साले को फाँसी पर टाँग देना चाहिए।'

मैंने बिद्दू को चुप कराया और किश की ओर देखकर बोली,

'क्या करना चाहिए?'

किश चुप रहा आया। मानो कोई बारीक़ रास्ता निकालने की सोच रहा हो। इसी बीच किसी काम से वन्दना चौके में आयी। किश ने उसे देख लिया और आँखों ही आँखों में सबको चुप रहने को कहा। वह भी पानी का गिलास लेकर बिना कुछ देखे वापस चली गयी। उसने शक तक नहीं किया कि हम सब उस पर पाबन्दी लगाने का रास्ता खोजने वहाँ इकट्ठा थे। उसके अपने में खोये होने पर मेरी आँखें भर आयी मानो मैं हम दोनों के बीच की कोई चीज़ विदा कर रही होऊँ। कोई ऐसी चीज़ जो पवित्र है, जो हमारे बीच हमारे जाने बिना सरसराती रहती है और केवल तब अलग से अनुभव होती है जब उसका उल्लंघन किया गया हो। मैं भीतर ही भीतर सिहर गयी। मुझे डर था कि कहीं हम सब उस पर कुछ अधिक ही कड़ी पाबन्दी न लगा दें। किश बेहद परेशान लग रहा था, बिद्दू हमेशा की तरह अपनी लापरवाही से पैदा दूसरे के प्रति घृणा से भरा था। इस वक़्त यह घृणा सुदीप्त के लिए थी और सुदीप्त को न पाकर जल्दी ही वह वन्दना की ओर मुड़ने वाली थी। मुझे ही कुछ बोल देना चाहिए सोचकर मैं बोली,

'शो करने से रोक देते हैं।'

बिद्दू उछलकर खड़ा हो गया और ज़ोर से बोला,

'शो बन्द करने से कुछ नहीं होगा, इसका घर से निकलना बन्द करो!'

वह कुछ अधिक ही ज़ोर से बोला था। मैं उसके भीतर की घृणा से काँप गयी। ये मेरा बेटा है! इसके भीतर इतनी सारी घृणा कैसे आ गयी? ज़रूर वन्दो ने कुछ ज़्यादा ही गड़बड़ कर दी है, वरना ये ऐसे क्यों बोलता। किश ने फुर्ती से आँखें ऊपर कर बिद्दू को ज़ोर से घूरा। बिद्दू चुप हो गया। हम सब किश की ओर देखने लगे। मानो यह तय हो गया हो कि उसके कहे के हिसाब से ही सब कुछ किया जायेगा। किश था भी इस लायक़। उसकी समझदारी से ही दुकान चलती थी। उसी ने कुछ बरस पहले तय किया था कि केसर का धन्धा शहर में ज़्यादा मुनाफ़े वाला साबित होगा और हम लगभग रातोंरात इस शहर में आकर बस गये थे। वही पूरी लगन से दुकान चला रहा था। ये, वन्दो के पापा, उसमें जाकर बैठते ज़रूर थे और इनकी जान-पहचान से भी धन्धे को फ़ायदा पहुँचा होगा पर बिना किश के यह सब दुकान को अच्छे से चलाने में काम न आया होता। वह रुक-रुक कर बोला,

'बिद्दू बेवकूफ़ है पर कह ठीक रहा है। हम लाइब्रेरियन का क्या कर सकते हैं? वन्दना को घर पर ही रहने दो। हम उसे समझा लेंगे। शो का तो ख़ैर सवाल ही नहीं उठता। भाभी तुम उसे बता दो, कल से वह घर पर ही रहेगी!'

वन्दना घर याने अपने कमरे में ही रहने लगी। वह केवल खाना खाने बाहर आती। मैं जब भी उसके कमरे में जाती, वह कुछ पढ़ती नज़र आती। मैं केसर डला दूध उसकी मेज़ पर रखकर चली आती। इस बीच उससे मिलने उसकी सहेली स्नेहा भी कई बार आयी। उसे हर बार कह दिया गया कि वन्दना अपनी नानी के पास गयी है। 'उसके शो का क्या होगा?' 'यह वन्दना ही जाने, कुछ कह कर नहीं गयी है, कब आयेगी।' हमें भी कहाँ पता था कि हमें कितने दिनों तक वन्दना को क़ैद में रखना होगा। वह चकित होती हुई-सी लौट जाती। मुझे लगता, उसे समझ में आ गया है। लेकिन उसने कभी अधिक खोदने की कोशिश नहीं की, शायद इसे ही इज़्ज़त देना कहा जाता होगा। सुदीप्त के फ़ोनों का क्या किया गया, मुझे पता नहीं चल सका। वैसे भी उन दिनों सुदीप्त का भूत हम सब पर इस कदर सवार था कि उसके अलग से फ़ोन की कल्पना तक अटपटी लगती। जो व्यक्ति लगातार आपके आसपास मँडरा रहा हो, उसे आपसे बात करने के लिए फ़ोन क्यों करना चाहिए?

वन्दना ने मेरी ओर नज़रें उठाकर देखना बन्द कर दिया। वह शॉल के भीतर ख़ुद को छिपाये रखती। उसकी काली शॉल की किनार की पीली कढ़ाई देखकर लगता मानो हमारी लगायी पाबन्दी को बढ़ाकर उसने ख़ुद को पीली ज़ंजीर में बाँध लिया है। मानो वह घर के आर-पार फैली दुख की लहर हो। मैं बार-बार उसके कमरे में जाती। वह किताबों से नज़रें तक ऊपर नहीं उठाती। खिड़की से आती सर्दियों की धूप उसके सिर को सहलाती रहती मानो हम सबकी ओर से वन्दना से माफ़ी माँग रही हो।

धन्य है हमारे डर की हद, धूप के धागों जितने चमकीले अपने ही बच्चों के सम्बन्धों को तोड़ने में हम किसी मशीन की तरह जुटे रहते हैं। जुटे रहते हैं।

हॉल की छत की मुँडेर पर बिल्ली की आँखें चमकतीं। अहाते से सीढ़ियों तक जाते लोगों को वह ताकती रहती। फिर बड़े आराम से पास के पेड़ की डाली की ओर कूद जाती।

वीना

वह देश लौट गया। वहाँ जाकर, सुना है, किसी पुस्तकालय में काम कर रहा है।

अब उसे गये इतना समय बीत गया है कि उसके अभाव का दर्द मेरे भीतर ही कहीं उग आया है। इस तरह कि अगर वह दूर हो जाये, मुझे लगेगा कि मेरा कोई अंग टूट कर गिर गया है।

बरसों हुए पेरिस सूना हो गया। ऋषि काण्व के आश्रम से शकुन्तला के राजा दुष्यन्त के घर जाने का क़िस्सा क्या उसने मुझे इन्हीं दिनों के लिए सुनाया था? या वह महज संयोग था? ऐसे भविष्य का मानचित्र जो तब उसके लिए उतना ही अँधेरे में था जितना मेरे। शकुन्तला के जाते ही आश्रमवासियों को, उसकी सखियों और ऋषि को सारा आश्रम ही सूना लगने लगा। मानो वह भीतर से ख़ाली हो गया हो। यही कुछ उस अमरीकी फ़िल्म में होता है जो मैं उसके साथ देखने गयी थी ओडियाँ सिनेमाघर में। देर रात का शो, जब या तो फ़िल्म के शौक़ीन या शराबी या थके-माँदे लोग फ़िल्म देखने आते थे। 'इस निर्देशक के विषय में सुना है कि वे कुछ हट कर हैं। हॉलीवुड में रहते हुए भी उससे कुछ अलग बनाते हैं। देखते हैं।' टिकट लेते समय लाइन में लगे-लगे वह बोला था। वह हमेशा किसी नयी किताब या फ़िल्म या चित्र वीथिका में पूरी उत्सुकता के साथ प्रवेश करता था। मानो जीवन की पहली किताब या पहली फ़िल्म देखने जा रहा हो। फ़िल्म के अन्त में टैक्सी ड्राइवर अपनी प्रेमिका को अन्तिम बार टैक्सी से उतार कर आगे चलता है। उसके सामने लगे आईने में टैक्सी के चारों ओर फैला न्यूयार्क शहर अपनी रोशनियों में जगमगाता पर तब भी सूना दिखायी देता है। मानो टैक्सी ड्राइवर के लिए पूरा शहर वीरान हो गया हो।

उसके जाते ही यह शहर भी भीड़ भरा पर ख़ाली हो गया है। कभी-कभी यह भरा हुआ भी लगने लगता है पर मुझे पता रहता है कि इस भराव के थोड़े-से नीचे ही अथाह खोखल हाँफ रही है और मैं कभी भी उसमें गिर पड़ूँगी।

मैं भी अपनी पढ़ाई पूरी कर लौट सकती थी। पर कहाँ लौटती ? किसके पास ? मैं फिर यह सोचकर यहीं रह गयी कि यहाँ अपना अकेलापन कम-से-कम पहचाना हुआ लगेगा। मैं सोच नहीं पायी थी कि अकेलेपन से पहचान शायद हो ही नहीं सकती है। किन्हीं पलों में वह पहचाना-सा लग सकता है पर वह हमेशा वैसा होता नहीं। शायद अकेलेपन का यह लक्षण ही है कि वह हर बार अपना अजनबी पहलू ही हमारे सामने लाता है और अपना पहचाना पहलू हमेशा के लिए गुम कर देता है। मैंने इसी उम्मीद में यहाँ वर्षों काट दिये कि शायद मेरी अपने अकेलेपन से पहचान हो जाये। वह नहीं हुई। वह मुझे चुभता रहा कहीं गहरे और मैं उस चुभन को थामे घर से अस्पताल और अस्पताल से घर भागती रही। घर में खिड़की से, अस्पताल में मरीज़ की आँखों से अपने से बाहर झाँकती रही। यहाँ इतनी-सी राहत ज़रूर है कि जब मैं उन सड़कों से गुज़रती हूँ जहाँ हम साथ टहले थे या उन लम्बे-लम्बे पेड़ों की छाँव को छूती हूँ जिनके नीचे कुछ देर हम बारिश से बचने रुके थे, जब उसने अपने स्वेटर की बाँह से मेरे माथे से टपकता पानी इतने ध्यान से पोंछा था कि कहीं मेरी बिन्दी न पुंछ जाये, क्षणभर को उसका अदृश्य सान्निध्य हलकी-सी गन्ध-सा भागता हुआ मेरे भीतर फैल जाता है।

सुना है उसने अपनी बेटी का नाम नुआ रखा है। नुआ! हाँ, नुआ! वह सत्रहवीं मंज़िल पर बना मेरा अपार्टमेंट है। नुआ! जब वह यहाँ पहली बार आया था, उसने खिड़की से बाहर देखकर कहा था, 'यहाँ आकर लगता है कि संसार में हमारे अलावा कोई बचा ही नहीं है। हम ही जीवन को संभाल कर आगे ले जायेंगे। वीना, यह तुम्हारा घर है या नुआ का जहाज। संसार-समुद्र में अकेला तैरता नुआ का जहाज।' उसने मुझे भुलाया नहीं है। बिल्कुल भी नहीं। शायद उसने हमारे साथ रहे होने की याद अपनी बेटी के नाम में चुपचाप रख ली है। वह उसकी बेटी भी है, हमारे साथ की स्मृति भी।

मैंने उसे रोकने की कोशिश भी की थी। पर इस तरह कि उसे पता न चल सके कि मैं उसे जानबूझकर रोकने की कोशिश कर रही हूँ।

'...तुम यहाँ रहकर अपने विषय में बहुत काम कर सकते हो। तुम चाहते भी ऐसा हो...'

'...भारत में ऐसे विश्वविद्यालय अब बाक़ी कहाँ हैं जिनमें तुम अपनी तरह का काम कर सको...'

'...मुझे लगता है कि तुम्हारा भविष्य यूरोप में ही है। लौटकर तुम्हारा विकास रुक सकता है...'

वह नहीं माना। बिल्कुल भी नहीं माना। चला गया। मैं अपनी पढ़ाई में फँसी यहीं रह गयी। सोचा ज़रूर था कि लौट जाऊँगी। पर हो नहीं पाया। यहीं उलझ कर रह गयी। वह भी कभी नहीं लौटा। वहीं का होकर रह गया।

यही पुल है। हाँ, इसी पुल के नीचे वह बेंच पर किताबें खोले बैटा रहता था। घण्टों। अपनी नज़रों को किताब में गड़ाये हुए। सामने बहते पानी की तरंगें मानो उसके लिए थीं ही नहीं। या शायद वह उन्हें किन्हीं भीतरी आँखों से देखता रहता हो। (कमाल है। तुम्हारी बाहरी आँखें कमज़ोर पड़ रही हैं और तुम भीतरी आँखों की बात कर रही हो!) तरंगों में बहते सेन के पानी पर दिन की कुनकुनी धूप में आकाश टुकड़ों में तैरता रहता। लकड़ी के पुल को पैदल ही पार करते थे। उसकी रेलिंग पर लड़के-लड़कियाँ एक-दूसरे के हाथ पर हाथ धरे नीचे के बहाव को देखते रहते। मैं भी नीचे झाँकती रहती। वह पुल के नीचे बैठा दीखता अवश्य था पर मैंने उस पर ध्यान नहीं दिया था। वह मेरे इन्तज़ार का स्थान था।

जैक पास की ट्रैवल कम्पनी में कुछ घण्टे काम करता था। शाम ढ्ले ही लौटता था। उसके आने के घण्टे दो घण्टे पहले ही मैं कॉलेज से आकर पुल पर खड़ी होकर बचा हुआ समय गुज़ारती। डूबते सूर्य की लम्बी होतीं किरणें शहर के हर गली-कूचे में बिखरती जातीं। कुछ बहते पानी की लहरों के पीछे छिप जातीं। बीच-बीच में इन किरणों को फैलाती क्रूस सेन की सतह पर फिसलती हुई पुल के नीचे से गुज़रतीं। वह दूर से आता दिख जाता। मैं मानो लम्बी होती सन्ध्या की किरणों पर फिसलती-सी उससे लिपट जाती। आपस में लिपटे हुए ही हम पुल पार करते और किसी रेस्तराँ में ठहरकर एक-दूसरे को दिनभर का हाल बताने में डूब जाते।

'वे मुझे सेनेगल भेज रहे हैं', उस दिन जैक ने कम्पनी से लौटने पर बताया, 'तुम भी मेरे साथ चलो।'

मैं चुप रही आयी। नहीं जा सकती थी। मेरी डॉक्टरी की पढ़ाई ख़त्म होने में दो बरस बाक़ी थे। जैक को यह ख़ूब मालूम था। उसे यह भी मालूम था कि मुझे अपनी पढ़ाई में कितनी गहरी दिलचस्पी है। मुझे वह पूरी करनी ही है। मैं हर दिन कुछ नया जानने की राह देखती हूँ। अगर जाना चाहती तो भी नहीं जा सकती थी।

'मैं नहीं आ सकती,' मैं जैक की आँखों में मानो अपनी नज़रें ठूँसकर बोली थी।

जैक मेरी बगल में देखते हुए बोला था मानो मेरे देखने को फाँस की तरह निकालकर फेंकते हुए, 'मेरी वापसी का पक्का नहीं हैं।'

रेलिंग छोड़कर मैं सीधी खड़ी हो गयी। उसे गले लगाकर उसका माथा चूमते हुए बोली, 'वापसी का पूछो तो तब तक मैं इन्तज़ार करती रहूँगी।'

सारे शरीर से ख़ून भागकर उसके चेहरे पर इकट्ठा होने लगा। वह मेरे हाथों के बीच से बाहर आया और पुल के दूसरी ओर जाने लगा। मैं उसके पीछे भागी पर

पाँव फिसलने से गिर पड़ी। मुँह से चीख और ऊपर के होंठ से ख़ून बारी-बारी से बाहर आये। वह सीधा चलता चला गया। उठते हुए मैं उसे देखती रही। 'नाराज़ है। शान्त हो जायेगा। कुछ देर में उसे फ़ोन कर लूँगी।' यह सोचकर उसके पीछे नहीं गयी। देर रात हॉस्टल से उसे फ़ोन किया। घण्टी बजती रही। शायद वह नहा रहा होगा, मैंने सोचा था। रुक-रुककर फिर फ़ोन किया। उसने नहीं उठाया। आधी रात तक गाढ़ी सर्दी में हॉस्टल के गलियारे में खड़ी डायल करती रही। उसने नहीं उठाया। अलस्सुबह उसके कमरे को भागी। मेट्रो से उतर कर उसके पास तक का रास्ता तुरन्त काटने की ख़ातिर दौड़ने लगी। रात की ओस में भीगे फुटपाथ पर सुबह का धुँधलका छाया था। जगह-जगह लगे पेड़ों की शुरुआत को घेरती गोल लोहे की जालियों पर पड़ते मेरे पैर बार-बार फिसल जाते। इमारत का दरवाज़ा खोलकर लकड़ी की सीढ़ियों पर मैं भागने लगी। थप-थप-थप-थप। भीतर की सारी चुप्पी बर्फ़ की बारीक़ पर्त की तरह टूटकर बिखर गयी। उसका कमरा बन्द था। जब दो-तीन बार घण्टी बजा चुकी, दरवाज़े पर हाथ पटकने लगी मानो वही उसके और मेरे बीच खड़ा है। तेज़ आवाज़ सुनकर बूढ़ी मालकिन पास के अपार्टमेण्ट से बाहर निकल आयी।

'वह रात में कमरा छोड़ गया। मैं कॉफ़ी पी रही हूँ, तुम आओगी।'

इसके बाद भी शाम को पुल की रेलिंग पकड़ने की आदत को थामे रही। अब जैक के दफ़्तर की ओर देखने की जगह इधर-उधर देखती रहती। विछोह का आवेग सिमटकर धड़कनों के बीच ही कहीं गड्ढे की तरह था जिसे मैं बिना देखे ही लाँघ जाती। मेरा ध्यान रह-रहकर पुल के नीचे जाने लगा। वहाँ वह बैठा रहता था। उसे पुल के नीचे बेंच पर पढ़ते कई दिनों देखती रही। उसके बैठने, किताब को पढ़ने और इनसे भी अधिक उसके अटूट ध्यान में अजीब-सा खिंचाव था। मेरी नज़रें उस ओर घूम ही जाती थीं। लम्बा चक्कर काटकर फिर एक शाम पुल के नीचे उतरी और उसकी बेंच के दूसरे सिरे पर बैठ गयी। उसने किताब से आँखें ऊपर नहीं उठायीं। उससे बात करने की इच्छा लिये मैं वहीं बनी रही। नदी के किनारों पर हलका-हलका अँधेरा फैलना शुरू हो गया। वह जल्द ही घना हो गया। बेंच पर अँधेरा छाने लगा था और ऊपर पुल पर रोशनियाँ झिलमिला रही थी। वे पानी पर चमकीली चादर-सी फैल गयी थीं। वह धीरे-धीरे किताब से बाहर आया और किनारों में सिमटकर बहते पानी को देखने लगा, मानो वह सार्वजनिक बेंच पर नहीं, अपने कमरे की खिड़की से बाहर झाँक रहा हो। कुछ मिनट बाद उसने अपना चेहरा मेरी ओर घुमाया कुछ कुछ इस संकोच से कि वह मेरी निजता में खलल डाल रहा हो। दोबारा सामने देखते हुए उसने पास रखी किताबों को टटोलकर हाथ में दबाया और उठने लगा।

'आप रोज़ यहाँ आकर पढ़ते हैं?'

वह आश्चर्य से मुझे देखने लगा। पहली बार मुझे लगा, मेरी उपस्थिति उसके भीतर ठहरी है।

'लाइब्रेरी से पुस्तक सिर्फ़ दो हफ़्तों के लिए मिलती है,' वह मानो आधा नींद में और आधा जागा हुआ बोला। किताबों को हाथ में उठाये, वह तेज़ी से खड़ा हो गया। हड़बड़ी में एक किताब फिसलकर नीचे गिर गयी। वह झुक पाता, इससे पहले मैंने वह किताब उठा ली और उसके साथ चलते हुए उसे पलटने लगी। उसमें किन्हीं रिल्के और मरीना के आपस में लिखे ख़त थे। उन्हें मुश्किल से पढ़ने की कोशिश की। सिर्फ़ कुछ शब्द पढ़ सकी, उनके पीछे की कहानी मुझसे दूर ही बनी रही। कनखियों से उसकी ओर देखा कि शायद वह मुझे पन्ना पलटते देख रहा होगा। वह सीधा चल रहा था।

वह सोबॉन से दर्शनशास्त्र में शोध कर रहा था।

'आप दर्शन पढ़ाएँगे?' मैंने एक बार उससे कहा था। वह बेंच पर ही बैठा था।

'कुछ और करना चाहता हूँ,' वह बहुत धीरे-से बोला था। उसकी आवाज़ में गहरी विनम्रता पर उससे अधिक गहरी दृढ़ता थी। उसे देखती रही थी। ऐसी विनम्र दृढ़ता का मेरा यह पहला अनुभव था।

'संसार और ख़ुद को जानने की राहें खोलने और खोजने हम दर्शन और साहित्य के पास जाते हैं। दर्शन इस मार्ग को आलोकित करता है पर साहित्य का प्रभाव अनूठा है। वह ख़ुद को जानने के सुख का संक्षिप्त-सा अनुभव कराके उसकी चाहना को जीवन्त बनाये रखता है। शायद यही कुछ संगीत, नाटक, सिनेमा भी...।'

उसके मुँह से निकले शब्द चमकीले जान पड़ते थे। समझती कुछ नहीं थी या लगभग कुछ नहीं पर उन शब्दों का प्रकाश मेरे अन्तस को क्षण-दो क्षण के लिए झिलमिला देता था। वह आँखों में आँखें डालकर बोलना शुरू करता, फिर धीरे-से अपने देखने को मेरी आँखों के किनारे पर ले जाकर उसे दूर ले जाता मानो मेरे देखने को हौले-से खींचकर विस्तृत कर दे रहा हो।

उसने मुझसे कभी नहीं पूछा कि मैं उसे बेंच पर बैठा कब से देख रही थी और क्यों देख रही थी? उसने नहीं पूछा कि मैं बात करते हुए अचानक उदास क्यों हो जाती थी? उसके जानने का दायरा कुछ और ही था। मसलन, उसे यह जानने में गहरी रुचि थी कि क्या मैं फ़्राँसीसी भाषा अच्छी तरह समझ लेती हूँ और क्या मैंने फ़्राँसीसी कवियों को उनकी ही भाषा में पढ़ा है। मुझे उनमें से कौन पसन्द है। मानो वह एक दूरी से ही, किताबों, कविताओं की दूरी से मुझे टटोल रहा हो। या शायद उसे मेरे उतने ही अन्तस से सरोकार हो जो हमारे बीच तिरता रहता था, बाक़ी की ओर वह झाँकता तक न हो। इस के बाद भी हमेशा यूँ ही लगा कि वही है जो मुझे गहराई से जानता है और मेरे हर दुख में बिना कुछ कहे हिस्सेदारी करता है मानो वह मेरे जीवन के लगभग हर कम्पन को किताबों के परदों के पीछे से महसूस कर लेता हो। हमारे बीच की दूरी सुनसान नहीं थी, उसमें धीरे-धीरे हमारी आत्मीयता धड़कना शुरू हो गयी थी। लेकिन इस आत्मीयता के लिए वह दूरी आवश्यक थी,

उसी में वह धड़कन थी जो हमारे रिश्तों को जीवन्त बनाये रखे थी। उसे पाटना मुश्किल था, न मैं ही वैसा चाहती थी। उसके और मेरे बीच के अन्तराल में ही मैं अपने को विस्तृत होता पा रही थी और उसी अन्तराल में मेरी स्मृतियाँ नया आकार ले रही थीं। हम साथ कला-दीर्घाओं में जाते और घण्टों चित्र देखते रहते। प्राचीन मिस्र के रिलीफ़ से लेकर सेज़ाँ के साँ विक्ट्योर के पहाड़ों तक, रूदाँ के शिल्पों से लेकर पिकासो के चित्रों और काग़ज़ के शिल्पों तक हम साथ जाते और संग्रहालयों-दीर्घाओं के बाहर के रेस्तराँ में घण्टों अपने अनुभवों पर कभी चुप रहते, कभी बातें करते। अगर कभी पार्क के एकान्त में मैं उसे छूने की कोशिश करती, वह मना नहीं करता पर मुझे महसूस होता मैं जिन होंठों को छू रही हूँ, वह उनसे कुछ पीछे खड़ा हमें देख मुस्करा रहा है।

उसे रोक नहीं सकी। रोकती भी कैसे। हमारे बीच का अपनापन हमारे बीच की दूरी में ही धड़कता था। उसे मिटाने का साहस मुझमें नहीं था। वह चला गया और हमारे बीच की दूरी इतनी अधिक बढ़ गयी कि हमारा साथ मानो हम दोनों का अपना संवेदन बनकर रह गया। भारत में उसके साथ मैं हो गयी, पेरिस में वह मेरे साथ हो गया और इन दोनों ही जगहों पर हम अकेले हो गये।

देहाती ने अहाते में भीड़ देखी, वह भी भीतर चला आया। वह देहात के मन्दिर में रहता था और कभी-कभी शहर घूमने आ जाता था। उस दिन के बाद से शहर आने का उसका दिन बँध गया।

लखना

वो तो मेमसाहब की भलमनसाहत है वरना पुलिस ने तो लखनलाल को फँसाने में कोई कसर नहीं छोड़ी थी। मेम साहब ही बीच में पड़कर लखनलाल को छुड़वा लायी थीं। वरना वे इतना पीटते कि हड्डी-पसली टूट जाती। ग़रीबों को चोर-हत्यारा बनाने में क्या देर लगती है। वे मार-मारकर कहलवा लेते हैं । हमें कहना पड़ता है, हाँ, माई-बाप हम ही चोर हैं...हाँ, हम ही हत्यारे हैं। हमें तो वही बोलना पड़ता है जो वे सुनना चाहते हैं। उन्होंने आव देखा न ताव, मुझे पकड़कर थाने ले गये। हम कहते रहे, साब, हमने कुछ नहीं किया, हम तो बाहर सो रहे थे। हम कैसे जानें क्या हुआ, कैसे हुआ। पर नहीं, उन्होंने हमारी एक न सुनी। सुनते भी कैसे। हम वो बोल रहे थे जो वो सुनना नहीं चाहते थे। हमें तो वो बोलना था जो वो सुनना चाहते थे। तब वे सुनते। हम बार-बार बोले, साब, हमने कुछ नहीं किया। पर नहीं, इन्स्पेक्टर मारता चला गया। मारता चला गया। कितनी तो गालियाँ दी होंगी। एक से बढ़कर एक। हमारे तो पूरे ख़ानदान को गालियों में समेट लिया। इस देश में मुफ़लिस होने का ये नुकसान तो है ही सही : कोई तुम पर भरोसा नहीं करता। हम ख़ुद ही अपने ऊपर शक करते रहते हैं, फिर कोई और भरोसा करे भी कैसे? हम बोलते रहे, वह मारता रहा। जब वह थक गया, उसने अपना डण्डा दूसरे को दे दिया। वे समझ रहे थे कि हमें मार-मारकर अपना मनचाहा उगलवा लेंगे।

'साला इतना पिटकर वो बोल देगा जो हम चाहते हैं!'

हम पिटते रहे। हमारे मुँह से वह सब कैसे निकलता जो हम जानते ही नहीं थे। सो हमारे मुँह से कुछ नहीं निकला पर शरीर के ऊपर ये नीली धारियाँ चुपचाप निकल

आयीं। लखनलाल के शरीर में ऐसी नीली धारियाँ जाने कहाँ छिपी बैठी थीं कि पुलिस की मार पड़ते ही बाहर निकलकर लहराने लगीं। आज तक पीठ की वे नीली धारियाँ लहरा रही हैं। मानो पीठ पर भुजंग रेंग रहे हों। लगता है मार का दर्द उन्हीं के सहारे दाएँ से बाएँ और बाएँ से दाएँ हुआ करता है। क्या हम लुम्बिनी से इसलिए यहाँ आये थे? घर में खेती-बाड़ी है। पाँच बरस की लड़की है। साहब हमेशा उसकी फ़िक्र करते थे। हमसे बार-बार कहते, उसे पढ़ाओ ज़रूर! हमारे यहाँ कहाँ रख्खे हैं अच्छे स्कूल कि हम अपनी बिटिया को पढ़ाएँ। हम तो नुआ बीबी को देखकर ख़ुश हो लेते हैं। बूढ़े माँ-बाप हमारी बीवी-बच्चों को पाल दे रहे हैं, यही क्या कम है। अब उनसे किस मुँह से कहें कि हमारी बच्ची को पढ़ाओ भी। वे लोग उसे खिला रहे हैं, लाड़ से रख रहे हैं, इसी का बोझ इस छाती पर क्या कम है। लेकिन साहब को कौन समझाये। देवता आदमी हैं, सबको अपने जैसा मानकर चलते हैं।

लखना ने कितनी बार कहा है कि साहब, ये वन्दना मेमसाहब के चाचा लोग भले आदमी नहीं हैं, आपको गाली देते फिरते हैं, लेकिन वे हमारी बात सुनते ही हँस देते, 'लखना मैं हूँ ही गाली देने लायक, बेचारे गाली न दें तो क्या आरती उतारें?' ऐसे आदमी को कोई कैसे मार सका? कोई कहता था, यह सब वन्दना मेमसाहब के चाचा का करा-धराया है। हो भी सकता है। पर पुलिस को सबूत चाहिए और सबूत लेने का एक ही तरीक़ा उन्हें आता है: मारो। ये पुलिस हम जैसे ज़ाहिलों तक को ज़ाहिल लगती है। जाओ जाकर पकड़ते क्यों नहीं किशोरलाल कोठारी केसरवाले को। वे गाली देते फिरते थे साहब को और उन्हें किसी ने कुछ नहीं कहा, हमें पकड़ लिया जिसने उनके ख़िलाफ़ एक लफ़्ज तक नहीं कहा। हमें पकड़ लिया। हमें, साहब जिसका अकेला सहारा थे।

मेम साहब और नुआ बीबी को छोड़कर कहीं जाया भी नहीं जाता वरना लखनलाल कब का भाग जाता। साहब मरे हैं, ख़तम थोड़ी हुए हैं। कहीं से तो देख रहे होंगे सारे लोगों की हरकतें। हमें भी एक दिन वहीं जाना है, तब साहब हमसे पूछेंगे कि क्यों लखना, तुम नुआ बीबी और मेमसाहब को छोड़कर कहाँ भाग गये थे, तब साहब के सामने हमारा सिर नीचा न हो जायेगा? पूछेंगे तो साहब वन्दना मेम साहब के बारे में भी। लखना यही बतायेगा कि साहब आपके फ़ौत होते ही वे तो बुझ ही गयीं, वे अपने भीतर कब की मर चुकी हैं, अब जो शरीर दिख रहा है, वो उनकी परछाईं भर है। फ़ोन करती हैं और उनकी आवाज़ ऐसी लड़खड़ाती है कि डर लगता है उस तरफ़ फ़ोन लिए-लिए वे कहीं लुढ़क न जायें। नुआ बीबी के बारे में पूछती हैं, और भगवान झूठ न बुलवाये, मृदुला मेमसाहब के बारे में भी फ़िकर करती रहती हैं। हम एक मर्तबा फ़ोन पर ही रो दिये। उस तरफ़ से वन्दना मेम साहब बोली, 'लखना तुम तो अपने को संभालो, नुआ बीबी तुम्हें इस हाल में देखेगी तो क्या सोचेगी?'

मेमसाहब, वे हमसे रात-दिन बाबा के बारे में ऐसे-ऐसे सवाल घुमाकर पूछा करती हैं कि हमें लगता है कि अपना सिर फोड़ लें। हम गँवार आदमी, हम क्या जवाब देंगे नुआ बीबी के सवालों का। उनका कोई छोटा-मोटा दिमाग़ थोड़े है, वे साहब की लाडली हैं, साहब के जैसा दिमाग़ है उनका भी।

हम आज भी चाकर हैं साहब के। पुलिस चाहे जो कहती रहे। हम हमेशा ही बाहर के बरामदे में सोते थे, साहब ने कभी कहा नहीं, चाहते तो बैठक में सो सकते थे, सर्दियों में सोते ही हैं लेकिन हमें बरामदा ही अच्छा लगता है। जैसे उड़न खटोले में लेटे हों। वहीं बरामदे में डाँट खाने को तैयार बैठे थे। नुआ बीबी को लाने में देरी हो गयी थी। साहब की यही क़मजोरी थी, वे नुआ बीबी के लिए डरते थे। जाने क्या खौफ़ था। किसी से बोलते हों तो पता नहीं। हमसे कभी कहा नहीं। हमसे कहते भी क्यों। हम कौन बड़े सयाने हैं। लखनलाल किसी के ख़ौफ़ को क्या कम करेगा। वो तो ख़ुद ही डरा हुआ इनसान है। साहब का अजीब हिसाब था। हमें मन भर कर डाँट लेंगे और जैसे ही देखेंगे कि डाँट कुछ ज़्यादा ही हो गयी है, तुरन्त हँसते हुए बोलेंगे, 'लखना ये तो बताओ तुम ख़ुद को 'मैं' की जगह लखनलाल क्यों कहते हो?'

हम अक्सर सोचते थे ये इनसान किस तरह का बना हुआ है, इसके ग़ुस्से में भी हँसी की गुठली छिपी रहती है। हमने पच्चीसों बार इनकी जेब से दस-पाँच रुपए निकाले होंगे, हो सकता है उन्हें मालूम न चला हो पर चला भी हो तो हमसे कभी पूछताछ नहीं की। कई बार हमें ख़ुद पर लाज आती थी कि ऐसे आदमी को क्या ठगना जिसे अपने ठगे जाने का होश तक नहीं है लेकिन कमी तो पड़ती ही रहती है और हम भी यह मानकर पैसे निकल लेते थे कि साहब से बिना कहे उधार ले रहे हैं, मौक़ा पड़ा तो लौटा देंगे।

साहब को चाय लाने में देर हो जाये, कोई डाँट नहीं। कपड़े प्रेस नहीं हों, कोई डाँट नहीं। वे बिना कुछ कहे ख़ुद कर लेंगे। रात में साहब देर से लौटे और दरवाज़ा देर से खोलो, कोई डाँट नहीं। कभी थोड़ी-बहुत लगाकर पड़ जाओ और बरामदे में बदबू भर जाये, कोई डाँट नहीं। लाइब्रेरी में खाना पहुँचाने में देर हो जाये तब भी वे ऊपर देखे बग़ैर 'ठीक है' कहकर डिब्बा अपनी मेज़ पर रख लेते और कुछ बोलते नहीं थे। लेकिन नुआ बीबी को लाने में देर हुई नहीं कि पड़ी। पड़ी जमकर। सो उस रात डाँट पड़नी ही थी। पड़ी। जमकर पड़ी।

'लखना तुम इतने बेवक़ूफ़ क्यों हो, तुमसे हज़ार बार कहा है नुआ को लाने में हरगिज़ देरी न हो, तुम मर रहे हो तब भी। तुम्हें कहाँ देर हुई? हैं? कहीं खड़े होकर तम्बाकू खा रहे होगे। तुम्हारा कोई इलाज नहीं, तुम बने ही ऐसे हो कि तुमसे लापरवाही छूट नहीं सकती। एक तो उसे देर से लेने गये और आकर खट से सो गये। तुम्हें इतनी तमीज नहीं कि वह अकेली बच्ची डर जायेगी। वो डरे, न डरे, हमारा सोना ज़रूरी है। मुझे फ़ोन क्यों नहीं कर दिया? अब चुप क्यों खड़े हो? कुछ तो फ़रमाओ।'

जब साहब डाँटना शुरू करते हैं, डाँटते ही चले जाते हैं। बीच में किसी की सुनते तक नहीं। जब वे थककर शान्त हुए लखनलाल को मौक़ा मिला।

'दरअसल साहब हम मेमसाहब को छोड़ने अस्पताल गये थे, उनका शरीर कुछ ज़्यादा ही तप रहा था। वे घबरा रही थीं कि अस्पताल से पहले ही ऑटो से गिर न जायें। हमने विचारा, नुआ बीबी को लाने में अभी देर है, हम मेमसाहब को अस्पताल पहुँचाकर मैदान पहुँच जायेंगे। इसमें लखनलाल को थोड़ी देर हो गयी।'

'अच्छा', बोलकर साहब अपने कमरे में जाने लगे। फिर कुछ लगा होगा कि ज़्यादा ही डाँट गये हैं। तुरन्त पलटे, चेहरा बनाये-बनाये ही बोले, 'लेकिन तुम ख़ुद को 'मैं' की जगह 'लखनलाल' क्यों कहते हो?'

यह आख़िरी बार था जब लखनलाल ने साहब को ज़िन्दा देखा था। वे नुआ बीबी को गोद में उठाये अपने कमरे में चले गये। हम बाहर बरामदे में आकर पड़ गये। उनींदे थे ही, डाँट भी इतनी नहीं पड़ी थी कि नींद पूरी तरह उचट जाती। सोते चले गये। रात में साहब के साथ कब क्या हुआ, हमें पता नहीं चला। हमारी क़िस्मत देखो, हमसे चार क़दम दूर हमारा सहारा छिन रहा था और हम शान से फ़र्श पर सो रहे थे। पुलिस ने लखनलाल को ठीक मारा। वो उसी लायक है। भीतर साहब न जाने कितनी पीड़ा सह रहे थे और लखनलाल के कान पर जूँ तक न रेंगी। और अब नुआ बीबी के सवालों से घायल हुए जा रहे हैं। हे ईश्वर! क्या बताएँ इस ज़रा-सी बच्ची को कि उसके बाबा कहाँ चले गये। कौन जान पाया है आज तक। जब किशन महाराज एक बार यमुना पार हुए तो इस तरफ़ लौटकर नहीं आये। गोपियाँ रोती-रोती थक गयीं, तब साहब तो मानस जात ठहरे। एक बार पार उतरे फिर कैसा लौटना।

पूछती रहे पुलिस जो चाहे सो। इन्स्पेक्टर डण्डा मार-मारकर पूछता रहा, 'क्या ताल्लुक था तेरे साहब का वन्दना से? बोल? वो तेरे साहब के घर आती थी न? क्या करते थे वे दोनों? बोल!'

हम रोते-रोते बोले थे, 'मरे हुए आदमी पे कीचड़ मत उछालो इन्स्पेक्टर साब! हम क्या समझें, उनका क्या ताल्लुक था? आप हम पर कितने ही डण्डे छोड़ो, हमें जो पता है वही तो कहेंगे।'

'बकवास बन्द कर, चूतड़ की चमड़ी निकलेगी तब ये हेकड़ी जायेगी।'

उनका डण्डा लगते ही आँखें भर आतीं। साहब के जाने पर जो आँसू नुआ बीबी के डर से अन्दर ही भरे रह गये थे, उन्हें पुलिस की मार से बाहर आना था, लखनलाल ये न जानता था। पुलिस के डण्डे खाकर। वरना इस पकी हुई उमर में रोना क्या अच्छा लगता है। अब वहाँ क्या मुँह दिखाएँगे साहब को। सोचा था अपने आँसुओं की गठरी बाँधकर ऊपर लेते जायेंगे और साहब से कहेंगे, 'देख लो साहब हम भले ही अपने को लखनलाल बोलते हैं लेकिन ये गठरी नुआ बीबी के सामने नहीं खुली। वैसी की वैसी बँधी लेते आये हैं।'

वहाँ कौन सुनने वाला था। इन्स्पेक्टर गुस्साये कुत्ते की तरह गुर्राये जा रहा था।

'हमने साहब और वन्दना मेमसाहब को जब भी देखा, पढ़ते ही देखा। किताब खोलकर या तो साहब पढ़कर सुना रहे होते या वन्दना मेमसाहब सुना रही होतीं। एकाध बार ये भी देखा कि वे आपस में बड़े डूबकर कोई बात कर रहे हैं।'

'कैसी बात?'

'हम क्या बूझें कैसी बात? साहब की साधारण-सी बातें लखनलाल को पल्ले नहीं पड़ती थीं, उनकी गहरी बातें तो बिल्कुल ही हमारे बस के बाहर थीं। इतना ज़रूर है कि ये लगता जैसे नैमिसारन्न में ऋषि-मुनियों की बातचीत हो रही हो। कैसी बात, हम क्या बताएँ। अगर वो बातें समझ पाते तो भवसागर न तर जाते। यहाँ बैठे रहते थाने में। उनके साथ होने के समय, इन्स्पेक्टर साहब आपको उनके चेहरे देखने थे। ऐसे चमकते जैसे उगते सूरज की धूप पड़ रही हो। कई मर्तबा नुआ बीबी आकर वन्दना मेमसाहब की गोद में बैठ जातीं। साहब अपनी बात आधी छोड़कर चौके में चले जाते, चाय बनाने। वन्दना मेमसाहब नुआ बीबी से बतियाती रहतीं। वे उनसे बहुत लाड़ करती हैं।'

'क्या ख़ाक लाड़ करती हैं, तेरा साहब उन्हें पागल कर गया है। समझे, साहब के भड़ुवे!'

'ऐसा कैसे हो सकता है इन्स्पेक्टर साहब, जोत दिखाने वाला किसी को पागल कैसे कर सकता है। हमारे-आपके कहने से क्या होता है। हमें पता है कि वन्दना मेमसाहब और साहब ने एक-दूसरे को जोत दिखायी थी। जोत। उसी से उनके चेहरे ऐसे चमकते थे। झिलमिल। झिलमिल।'

एक सुन्दर-सी स्त्री जिसके बाल उसकी कमर के नीचे तक झूलते रहते, सबसे आख़िर में आती थी। कुछ साल बीते कि वही सबसे पहले आने लगी। उसकी आँखों में उत्सुकता और उदासी घुले-मिले रहते।

साँवली

नहीं। मुझे किसी ने नहीं बुलाया। मैं यूँ ही चली आयी। आपकी किताब में मेरी जगह थी ही कहाँ, लेकिन मैं तब भी आ गयी। रहा नहीं गया। सोचा कुछ देर यहीं विलम लूँ। नहीं, थकान नहीं उतारनी, अपने ऊपर चढ़ा अपना क़िस्सा उतारना है। हाँ, बताती हूँ। मैं वन्दना के ताऊ की वही लड़की हूँ जिसके नौकरी करने के कारण, जिसके पढ़ने के कारण उसके पिता को हज़ार क़िस्म के सवालों के जवाब देते रहना पड़ता था। वन्दना ने मेरा नाम नहीं बताया। शायद उसके मन में रहा होगा, बाहर नहीं आया। मैं बताये देती हूँ। साँवली है मेरा नाम। पहले साँवरी था लेकिन जब पिता ने स्कूल में भरती कराया, अध्यापक ने सुधार कर साँवली कर लिया। याने मेरे नाम का पहला हिस्सा पिता का दिया हुआ है, दूसरा अध्यापक का। इन्हीं दोनों हिस्सों की खींचा-तानी में मेरी ज़िन्दगी ख़त्म हो गयी। चौंकिए मत, मैंने ठीक कहा, ख़त्म हो गयी। यानी चुक गयी। यानी ख़र्च हो गयी। पूरी की पूरी। ख़र्च होते ही ख़ाली कमरे में डाल दी गयी। क्योंकि मैं जो बोलती थी वह बाक़ियों की समझ में नहीं आता था और बाक़ी जो बोलते थे, उसे मैं समझ नहीं पाती थी। लेकिन ऐसा सबके साथ होता है। क्या आज तक कोई भी किसी की भी बात समझ पाया है? मुझे पता है समझता कोई नहीं, चेहरे पर समझने का भाव ले आता है। समझाने वाले को इससे आश्वस्ति हो जाती है। सुनने वाला भी सन्तुष्ट हो जाता है कि एक बार फिर उसने समझने का स्वांग दिखाने में चूक नहीं की है।

ख़ाली कमरे में मुझसे बात करने न मेरी बेटी आती, न बेटा। पति तो वैसे भी परमेश्वर का रूप है और परमेश्वर का नैसर्गिक गुण ही है पहुँच से बाहर बने

रहना। कमरे में रोशनी पर्याप्त थी। उससे जुड़ा हुआ गुसलखाना भी था। उसकी एक दीवार में खिड़की भी थी। खिड़की के पीछे करोड़ों मील तक फैला आसमान था, आसमान में सुबह-शाम पक्षी दिखायी देते थे। लेकिन मैं थक गयी। कुछ न करते-करते थक गयी। यह कुछ न करने की थकान, कुछ करने की थकान से बहुत अलग होती है। कुछ करने की थकान सुस्ताने से झर जाती है। लेकिन कुछ न करने की थकान झरती नहीं, इकट्ठा होती रहती है, शरीर पर नहीं, मन पर भी नहीं, कहीं और जो होता आपका ही अंश है लेकिन जिसके लिए आपकी भाषा में कोई शब्द नहीं है। या शायद मुझे न पता हो। होगा ज़रूर। आप लोग माहिर है हर चीज़ का शब्द बनाने के। जब आपने न रहने तक के लिए शब्द बना लिया तो किसी और चीज़ की बिसात ही क्या है? जैसे ही कोई मुश्किल घटना होती नज़र आती है, आप जल्दी से जाकर उस पर एक शब्द का ढक्कन रख आते हैं। सारी मुश्किल घटनाओं को, अबूझ चीज़ों को वश में करने का आपने बढ़िया तरीक़ा निकाल रखा है : उसे कुछ नाम दे दो। आप नाम नहीं देते, ढकना ढक देते हैं। हर उस चीज़ पर जो आपकी समझ से बाहर होती है।

मैं थक गयी। अपने को एक अजीब नाम से पुकारे जाने से शायद यह हुआ हो। कौन जाने? पहले-पहल कोई न कोई मेरे कमरे में आता था, और मुझसे बात करने की कोशिश भी करता। मेरी माँ पुचकारती, 'धीरज धर छोरी, धीरज धर!' कहती। पिता भी आते। मुझे देखते रहते और मुड़कर चले जाते। बेटा-बेटी को मुझसे दूर रखा जाता। शायद वे ख़ुद पास न आना चाहते हों। कौन जाने। पति परमेश्वर काम-काज में व्यस्त रहते। उनके लिए इतना बहुत था कि मैं कहीं हूँ।

लेकिन वो नहीं आया। खिड़की के बाहर करोड़ों मील फैले आसमान में कहीं दूर आकर ही खड़ा हो जाता। पल दो पल। मैं आँख भर देख लेती फिर चला जाता। लेकिन उसे तो आना नहीं था सो वह उस खिड़की के इलाके तक में नहीं फटका। मेरी आँखें पथरा गयीं, वो नहीं पिघला। अच्छा, मैं यह बताना भूल गयी कि मैं उस बन्द कमरे में रहते-रहते मर गयी। मतलब वो हो गयी जिसे आप लोग मरना नाम से पुकारते हो। आप चौंको मत कि मरी छोरी कैसे बोले जा रही है। (हे राम, मैं अपने को अब तक भी 'छोरी' कह रही हूँ, देखो तो सही आज तक 'औरत' शब्द मैं अपने लिए नहीं सोच पायी!) इसमें क्या है। क्या ज़िन्दा, क्या मरे सब बोलते हैं। लिखने वालों के भेजे में ऐसो कोई भेद तो होवे नहीं। ऐसा तो नहीं कि लिखने वाला सिरफ़ ज़िन्दों को सुनता हो, मरों को चुप कर देता हो। वो बेचारा ऐसा सब करना कहाँ जाने। वो सबको सुनता है। आप भी सबको सुनते हो। क्या ज़िन्दा क्या मरे। नहीं, वो नहीं बता पाऊँगी। मरने के बाद क्या होता है वगैरह नहीं बता पाऊँगी। उसे तुम्हारी समझदार भाषा में बताया नहीं जा सकता। फिर मैं वो सब कहूँ भी क्यों जिस पर आप समझने का नाटक तक नहीं कर पाएँ। और यह ऐसा कुछ ख़ास है

भी नहीं। और कौन आप हमेशा बने रहने वाले हो, जैसे ही वहाँ से विदा हुए, यहाँ का सब दिखायी देने लग जायेगा।

मुझे भरोसा था, वो ज़रूर आयेगा। मुझे कमरे से बाहर तो वो नहीं ही ला पाएगा (मैं आना भी नहीं चाहती थी)। लेकिन मुझे भरोसा था, वो आयेगा ज़रूर। ज़रूर आयेगा। मैं दरवाज़े पर कान लगाये लोगों की बात सुनती रहती कि कहीं कोई धोखे से भी उसका ज़िक्र कर दे कि मुझे पता चल जाये वो कहाँ है, कैसा है, क्या कर रहा है। इसलिए नहीं कि मैं वहाँ जा पाती। मुझे निकलने कौन देता। पर इसलिए कि मैं कल्पना करती कि वह क्या कर रहा होगा। किस जगह होगा। मुझे उसकी कल्पना करने कितनी ज़रा-सी ख़बर चाहिए थी। मुझे वह भी नहीं मिली। मैं फ़र्श पर बैठी-बैठी बाहर की सब बातें ख़ूब ध्यान से सुनती रहती। उसके ज़िक्र के अलावा उनमें और सब होता। मुझे जैसे ही लगता कि किसी बात में उसका ज़िक्र आ सकता है, मैं पूरी तल्लीनता से सुनने की कोशिश करती लेकिन बोलने वाला इतना सयाना होता कि उसके ज़िक्र आने से पहले ही अपनी बात का रास्ता बदल देता।

मैं सूनी की सूनी रह जाती। मैं तो उसकी ख़बर की एक ईंट से कल्पना का पूरा महल बना लेती पर वह ईंट तक नसीब नहीं हुई।

कई-कई बार मेरी नसों में तीखा खिंचाव होने लगता जैसे मेरा मन ही नहीं, मेरे शरीर का एक-एक धागा भी उसके लिए आन्दोलित हो रहा है। खिंच रहा है। मैं फ़र्श पर लोट-लोट जाती। ऐसे में अगर कोई मुझे खाना देने कमरे में आ जाता तो वह भीतर से ही चिल्लाता, 'ओ बइ, छोरी के दौरो पड़ी गयो!' सुना आपने, यह है आपकी भाषा, आपकी समझदार भाषा, इसमें 'आकांक्षा' को दौरा कहते हैं। जितनी देर में घर के लोग कमरे में जुटते और कुछ लोग झाड़ा-फूँकी करते, मैं फ़र्श पर लेटी-लेटी आकांक्षा के ज्वर को अपने शरीर से उतरता हुआ महसूस करती रहती।

वह अपने अभाव में ही मेरे क़रीब आ गया होता।

'आकांक्षा का ज्वर!' वाह, कितना ख़ूबसूरत वाक्य है ये। इस अकेले वाक्य के साथ मेरा कोई झगड़ा नहीं। इसने मेरा ख़ूब साथ दिया। इसी के सहारे मैंने अपनी ज़िन्दगी के कठिन दिन काट दिये। आपकी किताब में शायद मुझे दोबारा मौक़ा न मिले, इसीलिए मैं इस वाक्य की गहराई में जलते-बुझते न जाने कितने दृश्यों में से कुछ को जल्दी से एक बार और देख लेती हूँ। हाँ, एक बार और। इन्हीं दृश्यों में मैं स्कूल जा रही हूँ। कॉलेज जा रही हूँ। मेरे महकते दिन, मेरे फूल-दिन।

पास के गाँव में जाना होता था, माँ रोज़ कहा करती, 'साँवरी स्कूल कईं जानो?' पिता रोज़ उसे समझाते, 'पढ़ी-लिखी छोरी कईं थारे सुवाय नी।' दो-दो चोटियों में दो-दो लाल रिबन। माँ ज़मीन पर बैठती और मुझे अपने सामने दोनों पैरों के बीच बिठा लेती और इतनी ताक़त से चोटी बाँधती जैसे मुझे ही बाँध रही हो। ऐसी कस के बँधी चोटियाँ कि वे नीचे से मुड़ जातीं। रिबन नीचे लटके रहने की

जगह ऊपर उठे रहते। जैसे दो लाल गुलाब खिले हों। मैं गेंद की तरह उछलती स्कूल जाती। मानो किसी दूसरे संसार में जा रही होऊँ। रास्ते में जो भी मिलता, यह कहना न भूलता :

'छोरी स्कूल जइरी है!'

रास्ता बहुत नहीं था। जगह-जगह सुबह की ओस बिखरी रहती जिस पर धीरे-से आकर धूप के चकत्ते फैल जाते मानो वे ओस को वापस आकाश ले जाने आये हों। छोटे-से तालाब के ऊपर रात के कोहरे की चादर फहराती हुए ग़ायब होने से पहले पानी में अपना चेहरा देखने की कोशिश करती। थोड़ी देर मैं सड़क किनारे चलती, फिर खेतों से गुज़रती। सरसों के खेतों में धूप के छूटे हुए पैरों के निशान बिखरे रहते। मैं खेतों की मेड़ पर फुदकती स्कूल पहुँच जाती। कुछ खेतों में अमरूद के पेड़ों की क़तारें थीं। आम के पेड़ों की क़तारें ऐसी जैसे भर दोपहर में आधे गोले में कुछ बुज़ुर्ग हाथ में हाथ डाले खड़े हों। पता नहीं कैसे वहाँ कुछ कटहल के पेड़ भी थे जिनके हर हिस्से से ढेरों कटहल लटकते रहते। लगता वे कभी भी गिर पड़ेंगे। उनसे बचती-बचाती, अमरूदों पर पत्थर मारती, तालाब में कुछ देर छप-छप करती मैं स्कूल से लौटती।

घर आते ही पूरे आँगन में किताबें-कापियाँ फैला लेती। सब कहते :

'छोरी घणी पढ़इ करे!'

स्कूल मेरे लिए जितनी पढ़ने की जगह थी, उतना ही ख़्वाब भी था। मानो अपनी दुनिया से अलग कोई अनोखी दुनिया। मैं सचमुच ख़ूब पढ़ाई करती थी। मेरी टीचर मुझे बहुत चाहती थीं। वह दुबली-पतली-सी टीचर मुझे हमेशा कहतीं :

'साँवली तू ख़ूब पढ़ना, ख़ूब। लड़की का आधा-अधूरा पढ़ना काम का नहीं। घर वालों का उलहना होकर रहा जाता है!'

परीक्षा के दिनों में मैं रात-रात भर पढ़ती और अव्वल आती। मैं तो छलाँग मारती एक से दूसरी कक्षा में जाती चली जा रही थी। स्कूल में मेरे अलावा दो लड़कियाँ और थीं। दोनों ही पढ़ने में बिल्कुल ढाँय। लड़कों से बात करने का मन नहीं होता था। मैं जितना बोलती, अपनी टीचर से बोलती। वहाँ और भी शिक्षक-शिक्षिकाएँ थीं लेकिन सिर्फ़ एक ऐसी थीं जिनसे मैं ख़ूब बोल पाती। उन्हे ही मैं टीचर कहा करती थी। वे हमेशा मुझे अपने साथ रखतीं। कक्षाओं के बाद भी वे मुझे अपने पास रखना चाहतीं। खाने की छुट्टी में भी मैं उनके पास बनी रहती। वे मेरे लिए तरह-तरह के पकवान बनाकर लातीं। उनके संगी-साथी उन्हें छेड़ा करते :

'तुम साँवली को गोद क्यों नहीं ले लेती?'

टीचर मुस्करा देती। कहतीं कुछ नहीं।

एक दिन उनका तबादला पास के गाँव के स्कूल में हो गया। उन्हें हमारा स्कूल छोड़ना पड़ा। पहले मुझे कुछ समझ में नहीं आया पर धीरे-धीरे मेरे मन में यह बात

उतरती गयी कि वे चली गयी हैं और अब नहीं आयेंगी। मैं महीनों रोती रही। माँ और पिता की मुश्किल हो गयी। मुझे स्कूल जाना भारी पड़ने लगा। घर से निकलकर जैसे ही यह ख़याल मन में आता कि वहाँ टीचर नहीं होंगी, मैं वापस आ जाती। फिर घर से टस से मस न होती। सारा-सारा दिन बिस्तर पर पड़ी रहती। किताब, कॉपी या बस्ते पर नज़र पड़ते ही रोना शुरू कर देती। आँसुओं से भरी आँखों में किताब, कॉपी, बस्ता और कमरे की दीवारें, खिड़कियाँ पहले धुँधली पड़तीं, फिर डूब जातीं।

हारकर एक दिन पिताजी गये और उन टीचर को बुलाकर घर ले आये। उन्हें देखते ही मैं बिलखकर रोने लगी। वे भी रोती रहीं। कुछ देर बाद उन्होंने मुझे समझाया। मैं समझ कुछ नहीं रही थी सिर्फ़ उनकी आवाज़ को कई दिनों से प्यासे की तरह पी रही थी। जैसे हफ़्तों सूखे में खड़े पौधे की जड़ों को अचानक नमी ने घेर लिया हो। मेरी एक-एक नस में जैसे जीवन का संचार होने लगा। मुझे अपने हर रेशे से आती अपने ही होने की अनुगूँज महसूस होने लगी। वे मुझे गोद में लेकर बोलीं कि वे हर हफ़्ते के किसी भी एक दिन स्कूल आया करेंगी, मुझसे मिलने।

वे चली गयीं और मेरा बस्ता सज गया। स्कूल में हर दिन मैं जितना पढ़ती, उससे कहीं अधिक उनका इन्तज़ार करती। पूरा-पूरा दिन बीत जाता और वे नहीं आतीं। लेकिन हफ़्ते में एक दिन ज़रूर आता जब मेरा इन्तज़ार फ़िज़ूल नहीं जाता। वे खाने की छुट्टी में आती और मुझे ले जाकर स्कूल के बाहर के इमली के घने पेड़ के नीचे बैठ जातीं। मैं उनकी गोद में सिर रखकर लेट जाती, वे मेरे बालों पर हाथ फेरते हुए मुझसे कुछ-कुछ बोलती रहतीं। वे क्या बोलती थीं, मुझे कभी याद नहीं रहा, लेकिन उनके बोलने के लहजे में मेरे प्रति उनका गहरा अनुराग बूँद-बूँद टपकता रहता। इमली के पेड़ की छाँव हमारे ऊपर से सरकती हुई दूर चली जाती, टीचर मुझे स्कूल में जाने को कहकर अपना बैग लेकर अपने स्कूल लौट जातीं। मैं इमली के पेड़ के नीचे खड़ी रहकर देर तक उनकी पीठ देखती रहती।

उनकी गोद में सिर रखकर लेटने की इतनी इच्छा होती कि जिस दिन वे नहीं आतीं, मैं घर लौटते समय किसी खेत में अमरूद या आम के पेड़ के नीचे बस्ते को ज़मीन पर रखती, अपनी चुनरी उतारकर उसके ऊपर जमाती और उस पर सिर रखकर यह सोचती हुई लेट जाती कि मैं टीचर की गोद में लेटी हूँ। कुछ देर इस तरह लेट कर मैं उठती और घर की ओर चल देती। इसी तरह एक दोपहर मैं टीचर की ख़याली गोद में लेटी थी कि मुझे लगा कि टीचर ने झुककर मेरे माथे को चूमा है। मैं आँख बन्द किये लेटी रही। फिर लगा टीचर ने अपने दोनों हाथों में मेरे चेहरे को भर लिया है और झुक कर मेरी बन्द आँखों को चूमा है। आज उन्हें मुझ पर इतना लाड़ आ रहा है, मैं आँख बन्द नहीं रख सकी। वहाँ टीचर नहीं थीं। कोई भी नहीं था। पास के पेड़ों की पत्तियाँ धीरे-धीरे हिल रही थीं। घबराकर मैं उठ खड़ी हुई।

कंधों पर चुनरी डाली और बस्ता उठाकर घर की ओर भागने लगी। घर पहुँचते-पहुँचते वह स्पर्श जो टीचर का जानकर मेरे शरीर ने सोख लिया था, वापस शरीर की सतह पर तैरने लगा। मुझे लगा कि मेरी आँखों और माथे पर ढेरों चींटियाँ चल रही हैं। मैं बार-बार अपनी हथेलियों से उन्हें हटाती घर पहुँची। माँ मुझे देखती ही बोली, 'क्या हुआ रे छोरी, थारा चेहरा इतना लाल कईं है?'

'लाल, कैसा लाल?'

मैं पहले ही उन निराली चींटियों से परेशान थी। फिर ये चेहरे की ललाई!

'जैसे तू बड़ी ज़ोर से शर्माई हो!' वह बोली और बुक्का फाड़कर हँसने लगी।

'तू क्या बावली हुई है, मेरे पास कौन है शर्माने को?' मैं खीज कर बोली।

माँ तुरन्त संभल गयी पर वह चाह कर भी मुस्कराहट को अपने चेहरे से हटा नहीं सकी। वह वहाँ से चली गयी।

अगले दिन टीचर आयीं। हम फिर इमली के पेड़ की छाया में बैठे। मैंने उन्हें कल दोपहर की घटना सुनायी। सिर्फ़ चीटियों वाली बात नहीं बतायी। वरना माँ का मज़ाक भी बताना पड़ता। वे कुछ देर सोचती रहीं, फिर आँखों में आँसू भरकर बहुत रुक-रुककर बोलीं, 'इतना अनुराग ठीक नहीं, साँवली!'

मैं हमेशा की तरह उनका लहज़ा सुनती रही, शब्द तो मैं वैसे भी कम ही सुनती थी।

अगली दोपहर मैं रास्ते के खेत में नहीं रुकी, लगभग भागती हुई-सी वहाँ से गुज़र गयी। वह ठीक-ठीक डर नहीं था, कुछ अँधेरी-सी सिहरन थी जो उस दिन की सोचते ही मेरी देह में बिजली की तरह कौंध जाती थी। लेकिन कुछ दिनों बाद यह उत्सुकता हुई कि रुककर देखें तो सही कि क्या होता है। स्कूल से लौटते हुए मैंने अमरूद के पेड़ के नीचे अपना बस्ता रखा, उस पर अपनी चुनरी सजायी और घास पर आँखें बन्द कर लेट गयी। बहुत देर तक पास के खेत के किसान की आवाज़ आती रही। वह कुछ गा रहा था। फिर वह भी शान्त हो गयी। मुझे लगा कोई मेरे जूते हटा रहा है, मैं घबराई-सी चुप लेटी रही। अब मुझे अपने पाँव पर हाथ का स्पर्श महसूस हुआ, फिर दाएँ तलवे पर किसी के होंठों का दबाव पड़ने लगा। मैं तेज़ी से उठकर बैठ गयी। वह घबड़ाकर धड़ाम से पीछे की ओर गिर गया। उठकर जैसे ही भागने को हुआ, मैंने उसका हाथ पकड़ लिया।

'क्या कर रहे थे?' मैंने कड़ककर पूछा।

'पाँव छू रहे थे!'

'क्यों?'

'हमें लगा देहाती कपड़ों में परी उतरी है!'

'तो?'

'हमने सुना है कि परी को होंठों से छुओ तो उससे ब्याह हो जाता है!'

वह गोरा-सा हट्टा-कट्टा लड़का था। सुनहले बाल माथे पर बिखरे थे। आँखें नीचे के सरोवर-सी बिल्कुल निष्कपट थीं। ऊपर कमीज़ पहने था, नीचे धोती। मुझे ज़ोर की हँसी आयी लेकिन मैं उसे दबाये रही। अपना चेहरा कड़ा किये हुए ही मैं बोली, 'और अगर इसके बाद भी परी की तुमसे ब्याह करने की इच्छा नहीं हुई तो?'

'परी की अपनी क्या इच्छा। उसे जो वश में कर ले, वही उसकी इच्छा!'

इस पर मेरा धीरज टूट गया। मैं गुस्सा होने की जगह हँसने लगी। पहले वह घबराया, शायद उसके लिए परियाँ सिर्फ़ शादी के लिए होती थीं, हँसने के लिए नहीं। लेकिन जल्दी ही उसका चेहरा भी खिल गया। वह भी हँसने लगा। वह हँसते-हँसते मेरे क़रीब आया। उसने चुपचाप हाथ बढ़ाकर मेरी चोटी अपनी हथेली में थामी और चुपचाप उसके रिबन को चूम लिया। मैं जान गयी कि वह अब भी परी को वश में करने में लगा है। मैं कुछ नहीं बोली। अचानक वह उठ खड़ा हुआ और चिल्लाया,

'ओ मरा!'

वह तुरन्त वहाँ से भाग गया। मैं देर तक उसके दौड़ते पैरों की आवाज़ को सुनती रही। जैसे ही वह आवाज़ ख़त्म हुई, मुझे लगा मेरे शरीर का सारा ख़ून मेरे चेहरे की ओर भाग रहा है।

'क्या इसे ही उस दिन माँ शर्माना कह रही थी?'

अगले दिन टीचर नहीं आयीं। मैं अमरूद के नीचे जाकर रोज़ की तरह लेट गयी। न जाने कहाँ से बेआवाज़ चलता हुआ वह आया और घास पर रखी आकाश की ओर खुली मेरी हथेली को चूमा। मैं सुन्न पड़ी रही। वह उठकर दूसरी ओर गया, मेरे दूसरे हाथ को बहुत संभालकर अपने दोनों हाथों में उठाया और सिर झुकाकर उसकी हथेली को खोलकर उस पर अपने होंठ रख दिये। मैंने अपनी हथेली बन्द कर ली। उसकी नाक मेरी पकड़ में आ गयी। वह इतनी ज़ोर से चीखा कि मैं सिहर गयी। मैंने उसकी नाक छोड़ दी।

'क्या हुआ?' मैंने पूछा।

'परी का क्या ठिकाना, मार ही डाले।'

मैं हँसने लगी। हँसते-हँसते मेरी आँखें बन्द हो गयीं। वे जैसे ही खुलीं, वह अंजुलि में फूल लेकर खड़ा दिखायी दिया।

'ये कहाँ से लाये?'

'परी की हँसी से झरे थे, मैंने इकट्ठा कर लिये।'

वह मुझे छूता गया और परी उसके वश में होती चली गयी।

वह अपनी परी को स्कूल छोड़ने जाने लगा। परी का स्कूल ख़त्म हुआ, वह शहर जाकर कॉलेज में पढ़ने लगी। वह हर हफ़्ते वहाँ चला आता। हम एक साथ पार्क चले जाते। वहाँ बैठकर भी वह मुझे तरह-तरह की कहानियाँ सुनाया करता।

मुझसे अक्सर पूछता कि मुझे कॉलेज में कौन-सी कहानियाँ सुनायी जाती हैं। मैं कहती, 'कोई नहीं।' वह चकित रह जाता। उसे यह समझ में नहीं आता था कि अगर कॉलेज में कहानियाँ नहीं सिखायी जातीं तो मैं वहाँ क्या करने जाती हूँ। वह पता नहीं किस दुनिया का वासी था। पूरा समय कहानियाँ सुनते-सुनाते हुए काट देता। वे कहानियाँ ही उसका घर थीं। आँगन थीं। देश थीं परदेश थीं। वह जीवन की हर घटना को पहले अपनी किसी कहानी में प्रवेश कराता, फिर उसे समझ पाता : 'यह तो वही बात हुई जैसे एक बार...'

बस इतना ही था 'आकांक्षा का ज्वर' जो इतने बरसों तक मुझ पर चढ़ा रहा। मुझे क्या से क्या कर गया। वह किसी को भी क्या से क्या कर जाता है। वह किस को परी चुन ले, इसका कोई ठिकाना नहीं। मेरा सौभाग्य कि इस बार परी मुझे चुना गया था। परी जिसकी अपनी कोई इच्छा नहीं, जो उसे वश में कर ले, वही उसकी इच्छा। इसके आगे कुछ नहीं सुनाऊँगी। इसके आगे कुछ है भी नहीं सुनाने को। पर जाते-जाते एक बार और बोल लेती हूँ : आकांक्षा का ज्वर।

अहाते के बाद पाँच सीढ़ियाँ थीं। सीढ़ियों पर पास के नीम के पत्ते बिखरे रहते। उतरती धूप का मुरझाया स्वरूप चकत्ता-सा किसी कोने में अटका रहता। पीली निंबोली देखकर लगता कि जैसे यह धूप का फल हो।

चोर

अपने साथ हथियार रखना ही नहीं था। पर हथियार हमेशा साथ रहता था तब भी कभी कुछ नहीं हुआ।

यह मेरे हाथों पहली बार हुआ है।

पता नहीं कैसे हो गया।

उस भले आदमी के हाथ का आख़िरी बार हिलकर रुक जाना मेरे माथे में कील-सा गड़ गया है। मेरी वैसा करने की ज़रा-भी मंशा नहीं थी, होती भी क्यों, मैं मामूली चोरी के लिए वहाँ गया था। अब तो मुझे याद तक नहीं ऐसा क्या हुआ कि मेरा हाथ चल गया। वह कैसे चल गया, आख़िर कैसे? मैंने रोकने की कोशिश ज़रूर की लेकिन डर के धुँधलके में जब तक मैं अपने को रोक पाता, मेरा हाथ और हथियार अपना काम कर चुके थे।

मैं भागकर घर से बाहर आ गया, लॉन के नल से हाथ धोकर घर से बाहर भागा और फुटपाथ पर जाकर हाँफ़ने लगा। वहाँ एक क़तार से भिखारी लेटे थे। वहीं फुटपाथ पर भिखारियों के बीच जाकर लेट गया। लेकिन ऐसे हाथ कहीं धुलते हैं। मुझसे ऐसा कैसे हो गया? हथियार हाथ में नहीं होता तो मुझसे ऐसा नहीं हुआ होता। ज़्यादा-से-ज़्यादा उसने मुझे पुलिस को दे दिया होता, थोड़े दिन अन्दर रहता फिर निकल आता। लेकिन ये तो मैं जाने काहे की गिरफ़्त में आ गया जिसके बाहर किसी तरह भी नहीं आ पा रहा। अब यह सोचने से क्या होता है कि हथियार हाथ में नहीं होता। एक बार हो जाने पर कुछ भी अनहुआ नहीं होता। कोई कितना भी चाहे। वो तुम्हारे मन पर टँक जाता है हमेशा के लिए, उसे छिपाया जा सकता है, ढका जा सकता है, हटाया नहीं जा सकता। मैं बार-बार सो जाता हूँ कि किसी मर्तबा तो

जागकर यह पता चले कि वह सब सच में नहीं, सपने में हुआ था। लेकिन ऐसा होता नहीं। उल्टे पूरे सपने भर मुझे पता रहता है कि सपने के बाहर मैं वह सब करके सपने में आ छुपा हूँ।

कितने दिन बीत गये काम पर गये। अब जाया नहीं जाता। लगता है मेरे हाथों से टपकते ख़ून को कोई देख लेगा। पीठ के पीछे से उसकी दबी हुई कराह मुझे सुनायी पड़ती है। कितनी बार, कितनी बार उसे मैं सुन चुका हूँ। हर बार वह दबी हुई ही सुनायी देती है। जैसे वह खुलकर न कराहा हो। मेरा छुरा उसके पेट में बाईं ओर धँसा हुआ है और वह आँखें फाड़े मेरी ओर देखता हुआ उसे हलके-से निकालने की कोशिश कर रहा है। उसके चेहरे पर पूरी ज़ोर से चीखने के भाव हैं लेकिन उसके गले से निकलती चीख को जैसे किसी ने अपने हाथों से रोक रखा हो। वह क्यों अपनी उस आख़िरी चीख को रोकने की कोशिश कर रहा था? क्यों, क्यों, क्यों? कि उसकी चीख सुनकर आस-पड़ोस के लोग जाग न जायें और कहीं मैं पकड़ा न जाऊँ। नहीं, ऐसा कैसे हो सकता है, वह मुझे पकड़वाना क्यों नहीं चाहता, मैं उसके घर चोरी करने घुसा था और मेरे ही हाथों में वह छुरा था जो उसके पेट में जा धँसा था। वह मुझे बचाने की कोशिश करे, यह हो ही नहीं सकता। बिल्कुल भी नहीं। फिर वह क्यों नहीं चीखा? क्या इसलिए कि वह चीखना जानता ही नहीं था। ऐसा भी नहीं हो सकता। उसके गले से निकली आवाज़ दबी हुई चीख ही थी जैसे चीख के बाहर आते ही किसी ने उसको फुर्ती से बुझा दिया हो। उस पर पानी डाल दिया हो। वह चीख सकता था, उसका चेहरा बता रहा था कि वह पूरे ज़ोर से चीख सकता था। लेकिन वो चीखा नहीं। क्यों, क्यों, क्यों? क्या उसे चीखने की आदत नहीं थी? लेकिन चीखने की आदत आख़िर थानेदार के अलावा किसे होती है? कहीं कोई आदत से चीखता है क्या? उसकी आँखों में इतना डर भी नहीं था कि मैं कह सकूँ कि वह डर से नहीं चीखा। उसके चेहरे पर डर नहीं, भोलापन था, जैसे उसने मुझमें कुछ अनोखा देख लिया हो। नहीं, नहीं उसके न चीखने का कारण उसका डर नहीं, कुछ और था।

लो, मैं ख़ुद ड़रते-डरते फिर वहीं आ गया। फिर उसी जगह जहाँ मैं कभी आना नहीं चाहता था। जहाँ से भागने के लिए ही मैं ये दिमाग़ी जद्दोजहद कर रहा हूँ। वह उसी लिए नहीं चीखा था, उसी लिए कि उसके पलंग पर उसकी बच्ची सो रही थी। वह मरते दम इसलिए नहीं चीखा कि उसकी बित्ते भर का बच्ची कहीं जाग न जाये। यह मैंने किस क़िस्म के आदमी को मार गिराया? किस क़िस्म के जो अपनी आख़िरी चीख पर इसलिए हाथ रखे रहा कि आधी रात को उसकी बच्ची सोते से कहीं जाग न जाये? और उसकी आँखें, उसकी आँखों में भी मुझे जो दिखा अब भी दिख रहा है। मानो मुझसे कह रहा हो, वह वाक्य कह रहा हो जो धीरे-धीरे धँसा जा रहा है मेरे शरीर के एक-एक टुकड़े में कील जैसा : मुझे क्यों मार दिया भाई?

वहाँ क्रोध नहीं था, न हिकारत जिसे लोगों की आँखों में देखने की आदत-सी पड़ गयी है। नहीं, वहाँ वह सब नहीं था, वहाँ सिर्फ़ फीकी-सी झिड़की थी, सिर्फ़ झिड़की फीकी-सी। क्या कोई सोच सकता है कि वहाँ उन डूबती आँखों में सिर्फ़ झिड़की-भर थी जैसे मैंने उसके पेट में छुरा न भोंका हो, उसके पैंट पर धोखे से स्याही गिरा दी हो और वह बोल पड़ा हो: यह स्याही क्यों गिरा दी भाई, ध्यान से नहीं चलते?

मैं उसके सामने खड़ा रह गया। जैसे चलना भूल गया होऊँ। घबराहट में मुझसे अनायास चल गये हथियार के कारण वह मर रहा था, मेरी आँखों के सामने और मैं कुछ नहीं कर सकता था। मेरे पाँव ज़मीन में जम चुके थे। मैं भागकर छुरा निकाल लेना चाहता था। पर मुझसे वह हो नहीं पा रहा था। जल्द से जल्द अपने सामने घटती उस मौत के दायरे से दूर भाग जाना चाहता था। मेरे पाँव इतने वज़नदार हो गये थे कि उन्हें उठाना मुश्किल था। जैसे उन पर कोई पत्थर बाँध गया हो। मेरी नज़रें उसके धीरे-धीरे गिरने से अलग होती ही नहीं थीं। जैसे किसी ने मेरी नज़रों को उसके मरने में बींध दिया हो। उसने मुझे देखना बन्द कर दिया था। वह एक हाथ से पलंग थामने की कोशिश में था, दूसरा हवा में फड़फड़ा रहा था। जब वह पूरी तरह फ़र्श पर आ गया, उसने किसी तरह अपना चेहरा पलंग पर टिकाया। उसके दोनों काँपते हाथ पलंग पर उस ओर सोती बच्ची की ओर सरकने लगे। अब मैं डरा कि उसके बच्ची को छूते ही वह जाग जायेगी। मैं मुड़कर भागने की कोशिश करने लगा। मेरे पैर अब भी मेरे नहीं, पत्थर के थे। उसके हाथ बच्ची के पास पहुँचने के पहले ही थम गये और अब उसका सिर उस सर्द रात में पलंग की किनारे पर एक ओर लुढ़क गया।

वह जा चुका था।

मैं नींद में चलता हुआ-सा मकान के बाहर आने लगा। सामने सड़क की बत्तियों की रोशनी कोहरे के गाढ़ेपन को भेद कर ज़मीन तक नहीं आ पा रही थी। सड़क का होना इन फीकी रोशनियों की क़तार से मालूम देता था। कुछ भी हिल-डुल नहीं रहा था, जैसे मैंने उस पर नहीं सब पर छुरा चला दिया हो। सारे संसार पर। बरामदे में कम्बल ओढ़कर घर का नौकर सोया पड़ा था। मैं पहली बार उस रास्ते से बाहर नहीं आ रहा था जिससे चोरी करने भीतर घुसा था। पहली बार अपने पकड़े जाने का ख़याल ही मेरे मन में नहीं था। मन उसके ख़ून की तरह जम गया था। मैं दरवाज़ा खोलकर बरामदे में आया। सोते हुए नौकर की आकृति अँधेरे में और गहरे अँधेरे की तरह थी। जैसे ही मकान के बाहर आकर खड़ा हुआ, मुझे हलका-सा होश आया। मैं भागकर लॉन की किनारे पर पहुँचा और वहाँ के खुले नल के नीचे अपने हाथ रख दिये। बहते हुए ठण्डे पानी में मेरे हाथों का जमा ख़ून बहने लगा।

बरामदे में हलकी-सी भीड़ जमा है। कुछ मेज़ के आगे खड़े हैं, कुछ तीन-चार के झुण्ड में, हाथ में प्याले उठाये आपस में बात कर रहे हैं। मेज़ के दूसरी तरफ़ दुबला-सा युवक मुस्कराते हुए प्यालों में चाय डाल रहा है।

किशोर

अब मैं सबसे शिकायत करते क्यों घूम रहा हूँ। उसे बुलाया मैंने ही था। मैं ही गया था लाइब्रेरी, पूरे इन्तज़ाम से और मैंने ही उसे घर बुलाने के लिए अपने मन में सुन्दर वाक्य बनाया था, भले मैं उसे बोलने की जगह कुछ और बोल गया था। वह घर आये इसे लेकर मैं कितना उत्साहित था। दोपहर से ही दुकान बन्द करने का इरादा कर रहा था। उसे आना शाम को था। मैं दोपहर को ही घर लौट आना चाहता था। इस अनचाहे उत्साह के कारण मुझे ख़ुद पर शर्म आ रही थी। मैंने अपने आप से यह कहना शुरू किया, यह सुदीप्त बाबू है कौन जिसके लिए इतने हुलफुलाये जा रहे हो ? धन्धा बन्द करके घर जाना चाहते हो ? तीन टके का लाइब्रेरियन और तुम ऐसे हो रहे हो जैसे कोई साधु-महात्मा दर्शन देने घर आ रहे हों। याद नहीं कि साले ने कैसे व्यंग्य भाव से पूछा था, केसर वाला दूध पिलाओगे या नहीं ? वो तुम्हें तुम्हारे धन्धे की याद दिला रहा था, तुम उस पर हलाकान हुए जा रहे हो। पहले धन्धा देखो फिर आराम से दुकान बन्द करके जाना। वो आयेगा भी तो बैठा रहेगा इन्तज़ार करता। मैं यह सोचकर जाना चाहकर भी नहीं जा सका। जाऊँ कि न जाऊँ में फँसा रह गया। जैसे ही शाम ढलना शुरू हुई, दुकान पर एक साथ कई ग्राहक आकर खड़े हो गये। मन में कहीं यह था कि आज कोई त्योहार है। त्योहार के दिन तो ज़्यादा लोग केसर लेने आते ही हैं। ग्राहकों का अधिक संख्या में आना मुझे स्वाभाविक लग रहा था। मेरे मुँह से दो-तीन बार यह तक निकल गया, 'आख़िर त्योहार है...।' अचानक दुकान का नौकर रामस्वरूप बोला,

'बाबूजी आज कौन-सा त्योहार है ? इन दिनों कहीं तीज-त्योहार होते हैं, न आगे कोई, न पीछे कोई। ये सूखे-सपाट दिन हैं।'

'सूखे-सपाट दिन!' मैं चौंक कर उसकी ओर देखता रह गया। तब मुझे पता चला कि मैं अपने को लाख समझाऊँ, कहीं बहुत गहरे में मुझे उसका अपने घर आना ख़ास अवसर लगता चला जा रहा है। यह उत्साह कहीं मेरे बहुत भीतर से फूट रहा था, किसी ऐसी गहराई से जिस पर मेरा वश नहीं था। मैं न चाहकर भी अपने भीतर प्रसन्नता का मद्धिम बहाव महसूस कर रहा था। इस अ-वश्य ख़ुशी के आगे मैं मज़बूर था। मैंने रामस्वरूप को चाबियाँ पकड़ायीं और जूते पहनने लगा। रामस्वरूप मुँह बाये मुझे ताकने लगा। यह पहली बार था जब मैं दुकान बन्द करने का जिम्मा उसे सौंप रहा था। उसका आश्चर्य देखकर मुझे ख़ुद पर शर्म आयी और उस पर अब तक भरोसा न कर पाने का हलका-सा दुख भी हुआ।

शर्म और दुख की धूप-छाँव में लगभग हाँफता हुआ-सा जब मैं घर में घुसा, सुदीप्त आ चुका था। मुझे उसकी आवाज़ दरवाज़े के बाहर ही सुनायी देने लगी। मुझे तब यह रत्ती भर भी नहीं लगा कि हमारे सिर पर मुश्किलों के बादल इकट्ठा होना शुरू हो गये हैं। हमें इसका गुमान तक न था। हमें वह दिखायी नहीं दे रहा था जो ऐन हमारी आँखों के सामने घटना शुरू हो गया था। बैठक में सुदीप्त बैठा था। भीतर जाने के दरवाज़े पर ट्रे हाथों में उठाये वन्दना खड़ी थी। उन्हें देखकर मुझे सन्तोष ही हुआ कि मेरे अनुपस्थिति में भाभी ने वन्दना के माध्यम से सुदीप्त को बैठाये रखा। मेरे कमरे में पहुँचने के कुछ क्षणों तक उसने मुझे देखा तक नहीं, मुझे जो दिन भर से उसके आने का इन्तज़ार कर रहा था। मुझे यह बुरा नहीं लगा। मगर अटपटा ज़रूर लगा। एक व्यक्ति मेरे घर में बैठकर मेरा इतना महीन तिरस्कार कैसे कर सकता है? वन्दना भी जैसे मुझे पहचान नहीं रही थी। लेकिन ऐसा लगना देर तक मेरे मन में नहीं रहा। जैसे उड़ता-सा आया था, वैसा ही चला गया। उनके बीच किताबों को लेकर बात हो रही थी। वह बहुत डूबकर वन्दना को किसी किताब को पढ़ने की कह रहा था। उसका यही ढंग था। वह डूबकर बात करने के स्वाँग में अव्वल था। उस दिन मैं भी इस पर चमत्कृत था। ऐसा ध्यान कि आसपास का संसार बेआवाज़ घुल जाये, सिर्फ़ उसकी आवाज़ बची रहे, मद्धिम और इक लय। वन्दना के हाथ में ट्रे हिल रही थी। वह एकटक ज़मीन को देखते हुए उस आवाज़ को सुन नहीं, कई दिनों के प्यासे की तरह पी रही थी। इसीलिए उसे कुछ देर तक मेरा आना महसूस नहीं हुआ। वे देर तक बात करते रहे और मुझे लगने लगा कि मैं शीशे का बना हूँ या हवा का।

जब यह बार-बार होने लगा, कभी हमारे घर में, कभी लाइब्रेरी में, जहाँ उसने चतुराई से वन्दना को बुलाना शुरू कर दिया था, मेरा माथा ठनका। मैं चौकस हुआ कि हो न हो इनके बीच कुछ हो रहा है। मैं रामस्वरूप के भरोसे दुकान छोड़कर अचानक सर्दियों की दोपहर को भी लाइब्रेरी पहुँच जाता। अक्सर वहाँ वन्दना होती। हमेशा ख़ुश दिखायी देती। कभी अकेली बैठकर पढ़ रही होती। कभी सुदीप्त के साथ। कई

बार अलीम और वो खड़े होकर चर्चा कर रहे होते। मैं लाइब्रेरी में कभी ज़ोर से खाँसता, कभी किताब हाथ से गिरा देता कि वन्दना को लगे कि मैंने उसे पराये लोगों से बात करते पकड़ लिया है। उसके चेहरे पर यह भाव तक नहीं आता था कि वह पकड़ ली गयी है। उल्टे वह मुझे देखकर भी अनदेखा कर देती। जैसे अपने चाचा को नहीं, अजनबी को देखा हो। मैं भुनभुनाता हुआ लाइब्रेरी की सीढ़ियाँ उतर जाता।

उस पहले दिन मुझमें न भुनभुनाहट थी, न कड़वाहट। मैं चुपचाप उन्हें बात करते सुनता रहा था। कमरे के बाहर अँधेरा और भीतर बल्ब की रोशनी तेज़ होने लगी थी। घर के पास के ऊँचे पेड़ों से गुज़रती हवा की सरसराहट चारों ओर फैलने लगी थी। पक्षी कहीं से आकर कहीं दूर जाने लगे थे। मैंने खिड़की से बाहर झाँका, पिछली सड़क पर कारों ने अपनी रोशनियाँ जला दी थीं। मोटरसाइकिल की तेज़ आवाज़ अचानक कमरे में भर जाती, उतनी देर के लिए सुदीप्त और वन्दना के स्वर उसमें डूब जाते। इस बीच भाभी वन्दना को दो बार पुकार चुकी थीं। वन्दना के पैर कमरे की चौखट पर जम गये थे। ट्रे उसके हाथ में हिल रही थी। लम्बे काले बाल की चोटी उसकी पीठ पर गिर रही थी।

इस सबमें दो-तीन मिनटों से अधिक नहीं लगे होंगे। लेकिन मुझे लगा जैसे यह बहुत लम्बे समय तक चलता रहा है। ओह! वे बातें। उन्हीं के कारण मुझे लगा होगा कि समय धीमा पड़ गया है। उनकी वे बातें जो उस शाम मेरे सामने हुईं, लम्बी होती चली गयीं, इतनी लम्बी कि दिनों, हफ़्तों, महीनों और सालों के आर-पार फैल गयीं, उसकी लाइब्रेरी के बरामदों, कमरों, इस शहर के न जाने कितने पार्कों और न जाने किन-किन कोनों में फैलती चली गयीं। मैं चुपचाप उसे बोलते देखता रहा। वन्दना मुड़कर अचानक परदे के पीछे ग़ायब हो गयी। हम दो क्षणों तक चुपचाप अपनी जगहों पर सिर झुकाये बैठे रहे। तभी सुदीप्त मेरी ओर मुड़ा और ऐसे बोला जैसे कहीं दूर से बोल रहा हो :

'किशोर, क्या मैं यहाँ सिगरेट पी सकता हूँ?'

उसके चेहरे पर इतनी देर तक मुझे अनदेखा किये रहने के क्षमा-भाव की बारीक़-सी लकीर तक नहीं थी। इसकी जगह उसके चेहरे पर गहरी प्रशान्ति थी। मैं उसकी उस बेशर्मी को देखता रह गया। इससे पहले कि मेरे मुँह से कुछ निकले, उसने माचिस और सिगरेट जेब में रख ली। उसकी चौकोर खानों वाली कमीज़ की एक तरफ़ की कॉलर अजीब ढंग से मुड़ी थी, शायद उसका दूसरा या तीसरा बटन नहीं लगा था। जीन्स की नीली पैंट की जेब से रूमाल का छोटा-सा हिस्सा बाहर झाँक रहा था। मैं उसे कुछ देर यूँ ही बिना कुछ सोचे-समझे देखता रहा। उसके प्रति मेरा उत्साह शान्त हो गया था। उसके प्रति मेरी नापसन्दगी भी अब धीरे-धीरे पंख फैलाना शुरू कर चुकी थी। अब आने वाले दिनों में मुझे उससे नफ़रत करनी थी, यह मुझे मालूम हो चुका था।

कई बार हवा का तेज़ झोंका सीढ़ियाँ लाँघकर भीतर चला आता और चाय की मेज़ की हलकी कत्थई चादर को उलट देता। मेज़ की चमकती लकड़ी बरामदे की रोशनी में दिखायी दे जाती।

अलीम

शायद अब मुझसे अब्बा की इस्लाह कुबूल न हो पाये। यक़ीनन मैं लाइब्रेरी में हमेशा के लिए उलझा नहीं रहना चाहता था। यहाँ से बाहर निकल जाना चाहता था। यहाँ मुझे अपने लिए कोई उम्मीद नज़र नहीं आती थी। मैं बार-बार अब्बा की राय से इत्तफ़ाक़ करने पर मजबूर हो जाता था।

'लाइब्रेरी में पड़े-पड़े सड़ जाओगे मियाँ। वहाँ रहकर ख़ूब पढ़-लिख लो और किसी बड़े इम्तिहान में बैठकर कोई क़ायदे की नौकरी शुरू करो।'

इसकी जर्जर इमारत, सीली हुई डेढ़ सौ साल पुरानी चूने की मोटी दीवारें, सीले हुए स्याह पड़ते फ़र्श के पत्थर, गिरने-गिरने को होते बुर्ज़, फीके पड़ते परदे और अलमारियों के काँच जिनके पीछे रखी किताबों की क़तारों को देखने में जाने कितनी मशक्कत करनी पड़ती थी। ये सब चीज़ें मुझे बेचैन करने काफ़ी थीं और वे लोग भी जो यहाँ पढ़ने आते थे, वे भी ज़्यादातर बूढ़े और थके मालूम होते थे, उनमें से ज़्यादातर के मोटे-मोटे चश्मों के पीछे से अखबारों को टटोलती उनकी आँखों से किस क़दर नाउम्मीदी झरती रहती थी। इस थकी हुई बूढ़ी दुनिया से मैं बाहर निकलना चाहता था। कौन अपनी ज़िन्दगी गर्क करना चाहता ऐसी बुझी हुई मैली दुनिया में ? मैं ख़ुद से पूछता था कि आख़िर कौन डुबाएगा यहाँ अपनी सारी ज़िन्दगी ? हर बार यही एक जवाब पाता था : कोई नहीं। या कोई सिर-फिरा। सुदीप्त जैसा जो पेरिस जैसे उजले शहर से इस धुँधली लाइब्रेरी में आकर भी घुटन महसूस नहीं करता ? मैं अक्सर सोचता कि मुझे तो खुले हुए नये संसार में जाना है, बदलती हुई चमकदार दुनिया में जिसके होने की उम्मीद हमें पण्डित नेहरू से लेकर आज तक के अनेक राजनीतिक विचारकों ने बँधाई है। मैं इस पुरानी

दुनिया में नहीं रह पाऊँगा। सुदीप्त यह जानकर थोड़ा परेशान हुए थे पर उन्होंने कभी मेरे सपने को तोड़ने की कोशिश नहीं की। लेकिन मज़ाक–मज़ाक में मेरे ख़्वाबों के खोखलेपन की ओर इशारा ज़रूर करते थे। लेकिन सिर्फ़ इतना–सा कि मैं ख़ुद उसकी ख़ामियों के विषय में होशियार हो सकूँ। मुझे उनकी बातें सुन्दर ज़रूर लगती थीं, सच नहीं।

अपनी नौकरी के पहले हफ़्ते में ही मैं तीन–चार बार सुदीप्त के पास निकम्मे चपरासियों की शिकायत लेकर गया। सुदीप्त ने हर बार ध्यान से सुना। मुझे लगा कि वे सुन भर लेते हैं लेकिन किसी को डाँटते नहीं। मैं देख रहा था कि चपरासी पहले जैसे ही निठल्ले बैठे हैं लेकिन वे अलमारियाँ, जिनके गन्दे होने के सबब से मैंने शिकायतें की थीं, एकदम साफ़ हैं। मैंने पता करने की कोशिश की कि यह कैसे हुआ। पता चला कि उन्हें जल्दी लाइब्रेरी आकर सुदीप्त ने ख़ुद साफ़ किया था।

'आपने ख़ुद क्यों किया, इस तरह ये चपरासी, और भी निठल्ले हो जायेंगे?' मैंने आहत होकर पूछा।

सुदीप्त मेज़ की ओर देखते हुए ही बोले जैसे उन्हें अपने किये का पछतावा हो, 'थोड़ा–सा ही था!'

'लेकिन वह आपका काम नहीं है।'

'मेरे पास थोड़ा वक़्त था।'

'ऐसे में व्यवस्था नहीं बन पाएगी।'

'लेकिन डाँटने से भी नहीं बनेगी। हम पढ़े–लिखे लोगों ने इन चपरासियों को इतना कहाँ पढ़ाया कि ये इन किताबों से प्रेम करना सीख पाते।'

वे उठकर खड़े हो गये। चैम्बर के बाहर निकल गये। वे बालकनी की ओर जा रहे थे। सिगरेट पीने की इच्छा बढ़ गयी होगी। मैं पीछे–पीछे गया।

'क्यों अलीम, तुम्हें नहीं लगता, हमने आज़ाद होने पर जितनी मेहनत देशवासियों को नियन्त्रित करने में की, उतनी लोगों को समझने में करते तो शायद हम दूसरा ही देश होते।'

मैं कुछ सोचकर बोला, 'पर क्या देश को एक बनाये रखना हमारी ज़िम्मेदारी नहीं थी?'

सुदीप्त सिगरेट को मुँह में रखे रहे। जैसे उससे धुआँ खींचना भूल गये हों। उन्होंने बालकनी की जाली से अपना हाथ उठाया और धीरे–धीरे सिगरेट तक ले गये, सिगरेट पकड़ी और बोले, 'देश को सिर्फ़ ताक़त के ज़ोर से एक नहीं रखा जा सकता। अलीम, बुरा मत मानना तुम्हारे–मेरे जैसों के लिए देश का अर्थ नक़्शे से ज़्यादा क्या है? हम उसी नक़्शे को किसी भी तरह बनाये रखना चाहते हैं। यह नहीं कि हम यहाँ के लोगों के दुख नहीं समझते, वह तो है ही, हमें यहाँ के लोगों की भाषाएँ नहीं आतीं।

'क्यों नहीं आतीं, आप इतनी अच्छी हिन्दी ख़ुद बोल रहे हैं।'

'नहीं, वे नहीं, उनके जीने की भाषा।'

वे कुछ और देर चुप खड़े बालकनी से बाहर देखते रहे। सिगरेट उनके हाथ में जलती रही। मैं उन्हें चुप देखकर भीतर आ गया। क्या होती है जीने की भाषा? मैं जितना सोचता उतना उलझता जाता। पर जल्द ही मैं इस उलझन को सुलझाये बिना ही उसे पीछे कहीं छोड़ देता। पर जैसा मैंने कहा, मुझे सुदीप्त की बातें सुन्दर ज़रूर लगती थीं, सच नहीं। अगर सच कहूँ तो सुदीप्त के जीते-जी मैं अपना भविष्य कभी लाइब्रेरी में नहीं देख पाया। सुदीप्त के जाते ही अब मैं इसी जर्जर, पुरानी बूढ़ी इमारत, इसकी अलमारियों में रखीं पाठकों में अपने पूरे होने का ख़्वाब देखती किताबों की क़तारों, और अख़बारों पर झुके लगभग बेफ़िक्र बुर्जुगों को छोड़कर कहीं जाना नहीं चाहता। अब इस गरिमामय बूढ़ी इमारत को, बरसों से ढेर-सा बोझ उठाये इसकी मज़बूत चूने की दीवारों को छोड़कर कहीं जाना नहीं चाहता। मेरे कहीं और जाने का ख़्वाब मेरी नज़रों के सामने ही ख़ुद-ब-ख़ुद ग़ायब हो गया। सिर्फ़ एक शख़्स के न होने से पुरानी चीज़ों के मायने बदल गये हैं। क्या मौत का एक कारनामा यह भी है कि वह अपने अदृश्य हाथों से जानी-पहचानी चीज़ों में छिपे कुछ ऐसे अनोखे मायने हमारी आँखों के सामने ला देती है जिनसे हम पूरी तौर पर अनजान थे? कहीं ऐसा तो नहीं कि चीज़ों में ख़ुद में कोई मायने न होते हों, वे किसी से जुड़कर एक तरह की नज़र आती हों, किसी से बिछुड़कर और तरह की। तो क्या यह जहाँ महज देखने को एक ढंग है, अपने आप में कुछ नहीं? नहीं, ऐसा कैसे हो सकता है। पर सुदीप्त के जाने पर कुछ बदल ज़रूर गया है या तो इस जहाँ या मुझमें ही कोई तब्दीली आ गयी है। कहीं ऐसा तो नहीं कि मेरा एक हिस्सा मुझे छोड़कर कहीं और साफ़-सुथरी दुनिया में जा बसा है और बचे हुए हिस्से को अपनी इसी पुरानी दुनिया से इतना लगाव हो गया है कि वह इसे छोड़कर कहीं भी जाना नहीं चाहता। क्या सुदीप्त मुझे दो में काटते हुए निकल गये हैं? शायद नहीं। मैं ख़ुद जाना नहीं चाहता यहाँ से। अब मैं यहीं रहना चाहता हूँ। किताबों की इसी ख़ूबसूरत भूलभुलैया में अपनी तमाम उम्र बिताना चाहता हूँ। लगता है अब्बा का ख़्वाब देखते-देखते, मैंने अपना ख़्वाब देखना शुरू कर दिया है। रोज़ सुबह जल्दी तैयार होकर मैं यहीं भागकर आना चाहता हूँ। मैं हैरान हूँ ख़ुद पर। जैसे सुदीप्त पर होता था। हमेशा। वे जहाँ चाहते, जा सकते थे। जैसी स्थिति में चाहते, रह सकते थे। मैं हैरान होता था कि वे कहीं और चले क्यों नहीं जाते। मैं उनसे पूछा भी करता था।

'कहाँ जाऊँ?'

'कहीं भी, क्या आपकी नज़र में इससे बेहतर जगहें नहीं है?'

'हैं तो पर मुझे यही पसन्द है।'

'यह पुरानी लाइब्रेरी जिसमें दस नयी किताबें मँगाने के लिए आपको पच्चीस बार उन बेवकूफ़ ट्रस्टियों के आगे सफ़ाई पेश करनी पड़ती है?'

वे हँसते हुए जवाब देते,

'अगर वे सफ़ाई नहीं माँगेंगे, उनके दिन कैसे कटेंगे?'

'और आपके वक़्त का क्या?'

'अभी बहुत बाक़ी है अलीम, तुम फ़िक्र मत करो। वे ज़रा-सी बात की सफ़ाई लेते-लेते थक जायेंगे और सफ़ाई देते-देते मैं भला-चंगा बना रहूँगा।'

कहाँ बच पाये वे भले-चंगे? और उनके जाने में मृदुला जी... ? नहीं, नहीं मैं बेवजह शक कर रहा हूँ। यह सच है, वे वन्दना को लेकर परेशान थीं, कई बार उन्होंने मुझे भी इस बारे में इशारा करने की कोशिश की लेकिन मैं जान-बूझकर अनजान बना रहा क्योंकि वे अपने शक को ऐसी जगह रख रही थीं जहाँ उसकी गुँजाइश ही नहीं थी। उन्होंने देखा ही क्या था? कभी आयी होतीं यहाँ इस लाइब्रेरी में और बात करते सुनतीं उन दोनों को, काम करते देखतीं उन दोनों को। उन्हें काम करते देखकर ही लगता था कि जिसने यह कहा है कि लेखक को बेहद ज़िम्मेदार होना चाहिए क्योंकि लेखन में रूह के रसायन को बदलने की ताक़त होती है, बिल्कुल ठीक कहा है। वे दोनों अदब के जाये थे। जिस भी कृति के हिस्से को शो में शामिल करते थे, उसके सारे मुमकिन मायनों पर घण्टों बहस करते थे, बार-बार यह इत्मीनान कर लेते थे कि उसके बाद आने वाली कृति के हिस्से से कहीं उसकी बुनियादी तान तो नहीं टूट जायेगी। शो में पढ़े जाने वाले सारे टुकड़ों को कितनी बार जमा कर देखते थे। कितनी बार एक-दूसरे को पढ़कर सुनाते थे तब जाकर कहीं शो में पढ़े जाने वाले टुकड़ों को आख़िरी तौर पर जमाते थे।

यह सब तय हो जाने पर भी कई बार गर्मियों की तपती दोपहर वन्दना दौड़ती हुई आतीं और सुदीप्त से अपने मन की शंका का इज़हार करतीं या किसी कमी की ओर इशारा करतीं। उनके लाल हो आये चेहरे के पसीने पर उनके कुछ बाल चिपक गये होते। इस पुरानी इमारत की अपेक्षाकृत ठण्डी हवा पाकर जैसे-जैसे उनके चेहरे का पसीना सूखता जाता, बाल आज़ाद होकर दोबारा उड़ने लग जाते। मैं ऐसे मौक़ों पर अक्सर उन दोनों के लिए कुछ पीने भेज देता। वन्दना हलका-सा खिलकर मेरे काँच के चैम्बर की ओर देखतीं। सुदीप्त की हथेली मेज़ पर जमी रहती और उनकी अँगुलियों में फँसी सिगरेट छत की ओर सिर उठाये सुलगने की राह देखती। अगर मैं उनके क़रीब जाकर बैठ जाता, सुदीप्त ख़ुश होकर कोई खुली किताब मेरी ओर बढ़ाते हुए बोलते,

'अलीम देखो कितना कमाल का लिखा है।'

एक दिन मेरे मुँह से निकल गया, 'सर ये सब कमाल का है लेकिन जितना आप दोनों को लगता है उतना मुझे क्यों नहीं, क्या वजह होगी?' सुदीप्त फुर्ती से कुर्सी पर सीधे होकर बैठ गये। बहुत गम्भीर मुद्रा में। फिर बोले,

'बात तो सच है। इसका जवाब वन्दनाजी ही दे सकती हैं।'

वन्दना ने आँखें उठाकर पहले सुदीप्त को देखा फिर मुझे और लाइब्रेरी के क़ायदों को ताक पर रखकर ऐसी खिलखिलाईं कि पूरी इमारत एकबारगी हिल गयी और सुदीप्त और मेरी अँगुलियाँ यन्त्रवत् हमारे होंठों के आगे तैनात हो गयीं।

लगता जैसे वे किताबों के हिस्सों को नहीं हर बार बिखरे हुए ब्रह्माण्ड को किसी हद तक संयोजित करने की कोशिश कर रहे हैं। उन दोनों को काम करता देख मैंने इन ढेरों किताबों के साथ होने के मायने को क़रीब से महसूस किया और कैसा अजीब है कि उन दोनों के साथ पढ़ने की रोशनी में मुझे इस लाइब्रेरी की विराटता का एहसास होना शुरू हुआ। वह बूढ़ी इमारत नहीं रह गयी जिसमें मैं काम कर रहा था, वह ऐसी जगह में तब्दील हो गयी जहाँ इनसानी जिज्ञासा का अनन्त बिखरा हुआ था।

काश मृदुला जी कभी ऐसी दोपहरों में कभी एक बार भी यहाँ आयी होतीं। वन्दना के शो की शाम मैंने उन्हें चुपचाप हॉल में दाखिल होते अक्सर देखा। लेकिन वहाँ उन्हें सिर्फ़ सुदीप्त और वन्दना के सान्निध्य का नतीजा नज़र आता होगा, उसके पीछे छिपी साधना और पीड़ा के धागे नहीं। वरना वे किशोर लाल से न मिली होतीं। किशोर लाल पहले मुझसे फिर मेरे अब्बा तक से मिला था। उसकी तकलीफ़ वाजिब थी। वन्दना उसकी भतीजी है, वह अपनी भतीजी को अपनी बनायी दुनिया के ही एक कोने में स्थापित करना चाहता था। यह भी सही है कि उसने उस दुनिया की बड़े जतन से तामीर की है। उसके ज़रा भी हिल जाने के ख़याल तक से उसका बौखलाना भी वाजिब था। लेकिन किशोर लाल ने जो घेरा अपने चारों ओर बुना था, वह उसके लिए कितना ही शानदार क्यों न रहा हो, वन्दना उस घेरे से बाहर आ गयी थीं। वे एक मकान में रहते हुए भी दो अलग मुल्कों में रह रहे थे जिनकी ज़ुबानें ऊपर से एक होती हुई भी एक नहीं थीं। मेरे यह कहने पर कि वह अपने शो में किशोर को क्यों नहीं बुलातीं जब वन्दना ने यह कहा कि 'अलीम भाई उन्हें कहने से कोई फ़ायदा नहीं' मुझे एहसास हो गया कि जैसे-जैसे वह जिज्ञासा और सान्निध्य के दरिया में डूबती जा रही हैं, वैसे-वैसे उनके मुल्कों के बीच का फ़ासला बढ़ता जा रहा है।

यह सोचकर मैं कई बार चौंककर उठ बैठता हूँ कि सुदीप्त के जाने में कहीं किशोर की बौखलाहट का हाथ तो नहीं जिसे मृदुला जी के शुबहे ने हवा दी हो? या सुदीप्त की कोई और ज़िन्दगी थी जिससे मैं नावाकिफ़ हूँ। या....। मौत आदमी की ज़िन्दगी के दरवाज़े भले ही बन्द कर देती हो, उसके क़िस्सों के दरवाज़ों को पूरी तरह खोल देती है। जब भी सुदीप्त का ख़ून से लिथड़ा शरीर आँखों के सामने आता है, मैं रात को अपने बिस्तर पर उठकर बैठ जाता हूँ और पूरी रात यहाँ से वहाँ होता सोचता रहता हूँ कि सुन्दरता उस दुनिया को क्या बचायेगी जो उसे देखते ही ख़त्म करने की जुगत में लग जाती है।

पर मैं इस जगह को छोड़कर नहीं जा पाऊँगा जहाँ थोड़े-से वक़्त को ही सही मैंने कुछ बहुत सुन्दर पनपते देखा था। सीले फ़र्श पर मेरे जूते उठने से पहले पलभर को चिपक-से जाते हैं और मैं रह-रह कर सोचने लगता हूँ कि यह फ़र्श भी मुझे बाँधकर रखना चाहता है और बड़े हौले से अपनी बात मुझे कह रहा है।

बाहर घास पर खेलते बच्चों में से किसी की किलकारी
कभी बरामदे की हवा में एकबारगी झूल जाती।

नुआ

पूछने को है कौन लखना के सिवाय। अम्मा से कुछ पूछ नहीं सकती। बाबा के बारे में बोलते ही रोने लगती हैं। बकुल को कुछ पता नहीं है, उसकी दीदी मुझे देखते ही हड़बड़ी करने लगती है जैसे मुझे देखते ही भागने की कोशिश कर रही हो। स्कूल की टीचर हर क्लास के पहले या बाद में मुझे बुलाकर मेरी पीठ पर हाथ फेरती हैं। सहेलियाँ और दोस्त मुझे देखकर बात करते-करते चुप हो जाते हैं। बुआ शाम को आकर मुझे घुमाने ले जाती हैं लेकिन अक्सर वो गुमसुम मुझे देखती रहती हैं। कभी चलते-चलते मुझे पकड़कर इतनी ज़ोर से छाती से लगाती हैं कि मेरी पसलियाँ दुखने लगती हैं।

पूछने को है कौन लखना के सिवाय!

लखना भी सब कुछ सुन भर लेता है, बोलता कुछ नहीं। कई बार मेरे सवाल सुनकर फफक-फफक कर रोते हुए ख़ुद ही पूछने लगता है, 'मैं कैसे बताऊँ बीबी जी, मैं नौकर आदमी, मैं सच क्या जानूँ?' वे कहाँ गये होंगे कि इतने दिन बीतने पर उन्होंने एक बार भी फ़ोन नहीं किया, 'क्यों लखना वे ऐसे कहाँ गये हैं?' 'बीबी जी हो सकता है वहाँ फ़ोन न होता हो।' 'काग़ज़ तो होता होगा, चिट्ठी ही लिख देते, मैं तो अब पढ़ लेती हूँ। क्यों पढ़ लेती हूँ कि नहीं?' 'बीबी जी आप क्यों नहीं पढ़ेंगी। आपको तो बहुत पढ़ना है, साहब की तरह ख़ूब पढ़ना है। लेकिन बीबी जी सब जगहें एक-सी नहीं होतीं, कई जगहों से चिट्ठी नहीं भी आती।' 'क्या बात कर रहे हो लखना ऐसी जगह हो ही कैसे सकती है जहाँ से चिट्ठी न आ पाये? क्यों लखना, बताओ न ऐसी जगह कैसे हो सकती है? कहाँ हो सकती है?' 'मैं कैसे बताऊँ जी, मैं कोई पढ़ा-लिखा थोड़े हूँ जो उसके बारे में जानूँ!'

क्या लखना को सब मालूम है और वह बता नहीं रहा, अपने पढ़े-लिखे न होने का बहाना कर रहा है। या उसे सचमुच पता नहीं है। उसके सिवा कोई है भी कहाँ जो बताये बाबा कहाँ गये हैं, काहे को गये हैं, मुझे सोता छोड़कर क्यों गये हैं, मुझसे मिलकर क्यों नहीं गये, कब आ रहे हैं। लखना कल कह रहा था, 'सबको जाना होता है बीबी जी, कौन है जो बच जाये। लेकिन ये क्या हुआ? इतने भले आदमी की ऐसी बिदाई!' 'कैसी बिदाई, लखना कैसी, अब बोलो भी कैसी बिदाई?' लखना चुप खड़ा रहता है। पत्थर की मूरत बना। बाबा कहते भी थे, 'लखना साहब आप अचानक पत्थर के कैसे हो जाते हैं, आपकी शान है कि जब आप चाहें चलते-फिरते नज़र आयें और जब चाहें पत्थर की मूरत हो जायें!' मैं उसे पकड़ कर हिलाती हूँ, ज़ोर-ज़ोर से, उसकी पीठ पर मुक्के मारती हूँ पर वह चुप खड़ा रहता है जैसे सचमुच पत्थर का हो गया हो और उस पर मेरी हरकतों का कोई असर न हो रहा हो। बाबा ने कहा था, 'लखना भला आदमी है, तुझे इतना घुमाता-फिराता है, तू उसके पीछे क्यों पड़ी रहती है। बुध्दू है पर भला है!' लखना आदमी अच्छा है, मुझे पीठ पर बैठाता है, मेरे लिए घण्टों घोड़ा बना रहता है। मुझे गोद में बिठाकर मैदान तक ले जाता है और खेलते समय जब भी मैं उसकी तरफ़ देखती हूँ, वह वहीं बैठा दिखायी देता है। मुझे खेलता देखकर हाथ हिलाता है पता नहीं क्यों, आजकल लखना मुझे मैदान पर छोड़कर जाता नहीं, वहीं सीढ़ियों पर जमा रहता है। मानो उसे कोई और काम नहीं है। मैंने पूछा तो बोला, 'बुआजी ने कहा है!', 'क्यों?' 'मैं क्या जानूँ, नौकर आदमी हूँ जो कहा जाता है, कर देता हूँ।' 'अगर तुमसे कुछ न कहा जाये लखना तो तुम क्या करोगे?' 'बीबी जी मेरे तो प्राण-पखेरू उड़ जायेंगे!' 'ये प्राण-पखेरू क्या होते हैं, लखना?' 'मैं क्या जानूँ।' 'अभी तो कह रहे थे प्राण-पखेरू उड़ जायेंगे। तुम्हारे प्राण-पखेरू कहाँ हैं, मुझे दिखाओ। मुझे दिखाओ न लखना, वरना बाबा से शिकायत करूँगी। बाबा की डाँट पड़ेगी तो हमसे मत कहना'। 'बीबी जी, आप क्यों शिकायत करती हो, साहब इतने परेशान हो जाते हैं।' लखना देर तक चुप खड़ा रहता है। 'मैं कैसे दिखाऊँ, अपने प्राण-पखेरू, मैं दिखा ही नहीं सकता।' 'अच्छा कल ज़रूर दिखाना वरना समझ जाओ, बाबा से...'

अगले दिन लखना जब मुझे मैदान ले जा रहा था, मैंने पूछा तो बोला, 'आप पहले खेल लो फिर बताएँगे।' मैं सारे मैदान में दौड़ती फिरी। खेलते हुए मैं बार-बार लखना को देखती कि वह कहीं डर के मारे भाग तो नहीं गया। लेकिन वह वहीं था, पहले सीढ़ियों पर लेटा रहा, फिर मैंने देखा कि वह झटके से उठ बैठा है। मेरे हाथ से गेंद छूट गयी, बकुल दूर खड़ी चिल्लायी, 'नुआ कहाँ देख रही हो, गेंद पकड़ो न!' मैंने लखना को छोड़ा और गेंद के पीछे भागी। कुछ और देर खेलती रही पर बार-बार लखना को देख रही थी। आख़िर में मैं बीच खेल से ही उसकी ओर भागने लगी, मुझे आता देख लखना उठ खड़ा हुआ। 'बीबी जी, आप जल्दी आओ, हम

आपके सवाल का जवाब देने वाले हैं!' मैं ख़ुशी-ख़ुशी बोली, 'दिखाओ कहाँ हैं, तुम्हारे प्राण-पखेरू!' कुछ पल चुप रहा और बोला, 'प्राण-पखेरू का ऐसा क़िस्सा है बीबी जी कि जब तक रहते हैं दिखते नहीं, जब उड़ जाते हैं तब जाकर पता चलता है कि कभी थे, अब नहीं हैं।' 'कभी थे अब नहीं हैं, ये क्या है लखना?' मैं पूछती हूँ। 'कभी थे अब नहीं हैं!' अम्मा से पूछती हूँ। वे चुप रहती हैं। 'कभी थे अब नहीं हैं, क्या होता है?' मैं बुआ से पूछती हूँ। पहले बुआ चुप रहती हैं फिर मुझी से पूछती हैं, 'यह पहेली तुझे किसने सिखायी?' 'ये छोड़ो बुआ, तुम तो जवाब दो!' 'अच्छा फिर से कहो!' 'कभी थे अब नहीं हैं।' 'ठहरो, मैं बताती हूँ, ठहरो अच्छा!' वे अपने पैरों को देखती हैं, थोड़ी देर चुप खड़ी खिड़की कि बाहर झाँकती हैं, 'फल?' 'नहीं बुआ ये नहीं हैं, फिर कोशिश करो।' 'पैसा?' 'नहीं बुआ, बिल्कुल नहीं!' 'अच्छा कोई संकेत तो दो!' मैं बोली, 'मैं फिर से कहती हूँ। बताओ वो क्या है जो जब तक रहते हैं दिखते नहीं, जब उड़ जाते हैं तब पता चलता है कि कभी थे, अब नहीं हैं। अब बताओ क्या है?' बुआ मेरा मुँह ताकते हुए बोलीं, 'भैया, मैं तो हार गयी!' 'मैं बताऊँ?' 'बताओ' बुआ बोलीं। मैं तपाक से बोली, 'प्राण-पखेरू।' बुआ मुझे देखती रह जाती हैं जैसे मैंने कोई ओछी बात कह दी हो। मैं देखती हूँ उनकी आँखों में पानी भर आया है। वह जल्दी से आँखें पोंछ कर मुझसे पूछती हैं, 'तुझे यह पहेली किसने सिखायी है?'

'शो' के शुरू होने की औपचारिक सूचना तीन बार पंखों की फड़फड़ाहट जैसी आवाज़ों से दी जाती। हॉल का पिछला दरवाज़ा आधा खुल जाता।

स्नेहा

सुदीप्त ने ही वन्दना को शो करने को कहा था। उसी ने उसे किताबें पढ़ने को उत्साहित किया। उसी ने उसके भीतर वह सब जगाया, इतना गहरा, इतना ख़ूबसूरत और अब वही नहीं है। वन्दना पागल-सी न हो जाये तो क्या हो ? 'ऐसा नहीं भी हो सकता था,' वह बार-बार कहती है। एक तो वह बोलती नहीं, नहीं ही बोलती पर जब भी कुछ कहती है यही कहती है : ऐसा नहीं भी हो सकता था। वह इस 'ऐसा नहीं हो सकता था' के भँवर से शायद ही बाहर निकल पाये। कहीं इसी भँवर में वह डूब न जाये और हम कुछ न कर पाएँ। उसने पिछले कुछ महीनों से अपना शो भी नहीं किया।

मैं उससे मिलने उसके घर भी गयी। वह छत पर कुर्सी डाले आसमान देखे जा रही थी। मुझे देख मुस्करायी लेकिन केवल इतना-सा कि मुझे पता चल जाये कि उसने मेरा आना दर्ज कर लिया है और उसके दुख पर हलका-सा परदा भी हो जाये जैसे वह उसकी निजता हो जिसे वह किसी के भी सामने ज़ाहिर होने देना न चाहती हो। निस्पन्द दोपहर में शायद पक्षी भी अपने घोंसलों में छिप रहे थे। आकाश के एक छोर से दूसरे तक धूप की झीनी-सी चमक फैल गयी थी जिससे आकाश अपने नीलेपन में अपने ही लिए पारदर्शी हो उठा था। बीच-बीच में आकाश की गहराई में कोई चील लगभग तैरती हुई दिखायी दे जाती फिर वह आकाश पर फैली चमक की किसी कन्दरा में लोप हो जाती। मैं पूरी दोपहर वहाँ बैठी उससे कहती रही कि उसे शो करना ही चाहिए क्योंकि यह उसे सुदीप्त की भेंट है। जैसे ही वह शो करेगी, उसे कहीं न कहीं से सान्त्वना ज़रूर मिलेगी। उसे अपने उन दर्शकों के बारे में भी सोचना चाहिए जो पिछले इन बरसों में उसके शो में आते रहे हैं और आज

तक उसके हर शो का इन्तज़ार करते हैं। क्या उनके प्रति उसकी कोई ज़िम्मेदारी नहीं है? ज़रा-भी नहीं? वह मुस्करा दी मानो उसे लग रहा हो कि ये सब दलीलें मैं इसलिए दे रही हूँ कि उसका ध्यान बँट जाये। गहरा दुख अपने को बनाये रखने की ख़ातिर मनुष्य को कैसी विचित्र अन्तर्दृष्टि दे देता है जो उसे टालने के हर बहाने को उधेड़ कर रख देती है, हर दलील को निष्कवच कर देती है।

मैं कहती रही, वन्दना बिना कुछ विशेष बोले इधर-उधर देखती रही। कई बार वह आसमान, उसमें तैरती चीलों को देखती ही चली जाती जैसे यह भूल ही गयी हो कि मैं उसके सामने बैठी हूँ लेकिन जैसे ही वह आकाश से वापस पृथ्वी पर लौटती, मुझ पर नज़र पड़ते ही बिल्कुल हलके-से झेंप जाती मानो उसे अपने मेरे सामने से ग़ायब होने का खेद हो लेकिन वह ऐसा कुछ हो जिसे टाला न जा सकता हो। क्या यह वही वन्दना है? वही जिससे शो की बात करो नहीं कि वह बोलना बन्द ही नहीं करती थी। 'कितने से दिन बच गये हैं शो के लिए?' '...अब तक केवल बहुत ज़रा-सी ही तैयारी हो पायी है।' 'लाइब्रेरी जाना है। किताबें लाना है।... उनके हिस्से छाँटना है।' 'इस बार मैं 'रात की प्रकृति' पर कर रही हूँ।' 'तुमने पोस्टर पढ़ा है या नहीं? सुन्दर चित्र उस पर है।' 'सुदीप्त कितनी मेहनत से यह सब करते हैं। पूरी दोपहर लाइब्रेरी में चित्र छाँटते बैठे रहे। मैं कहती रही, यह इतना महत्त्व का नहीं है, पर वे माने नहीं, बोले 'एकदम सटीक चित्र पोस्टर पर होना चाहिए!'... इस शो में मैं रात में प्रकृति वर्णन के दृश्य इकट्ठा कर रही हूँ। टाल्सटॉय के 'युद्ध और शान्ति', भास के 'अविमारक' शूद्रक के 'मिट्टी की गाड़ी', यानीस रीत्सोज़ की कविता के कुछ ख़ूबसूरत हिस्से मिले हैं। अभी और बहुत कुछ ढूँढ़ना है। स्नेहा, तुम तो सिर्फ़ कभी ही शो पर आती हो और कुछ देर बैठकर चली जाती हो। पर जानती हो कितना काम करना होता है उसकी तैयारी के लिए। मेरी जैसी लड़की के लिए यह कोई आसान बात नहीं है। वो तो सुदीप्त साथ में रहते हैं वरना मेरी क्या हिम्मत थी कि ये शो कभी भी कर पाती। स्नेहा, ऐसा कितनी बार होता है कि हमें ख़ुद भी पता नहीं रहता कि हममें क्या करने की क्षमता है। कोई और आता है हमारी आँखों के सामने, ख़ुद हमारी आत्मा के बन्द दरवाज़े खोल देता है और हम चकित रह जाते हैं अपने भीतर वह सब पाकर जिसके होने की हमने कल्पना तक नहीं की थी। यह पेड़ या जानवर के साथ नहीं हो सकता। उनके जीवन के रास्ते उनकी जैविकी में ही बुने होते हैं। पर यह मनुष्य होने का ही अनोखापन है कि उसे देर तक ख़ुद ही मालूम नहीं रहता कि कौन-सा रास्ता उसे उसकी सम्भावनाओं की ओर ले जा रहा है और कौन-सा उसे अन्धी गलियों में छोड़ आने वाला है। सुदीप्त की संगत ने ही मुझे मेरे कर्म की ओर मोड़ दिया है।'... 'हम उस दिन पार्क में बैठे थे, नहीं तुझे पार्क का पता नहीं बताऊँगी, तू बस सुन भर ले, हम पार्क में बैठे थे कि अचानक सुदीप्त ने मुझसे पूछा, 'क्या आपको पढ़ने की इच्छा नहीं होती?' मैं चुप बैठी सोचती रही।

मैं क्या जानूँ कि मुझे पढ़ना अच्छा लगता है या नहीं। क्यों स्नेहा, तू ही बता कि हम में से किस-किस ने अपने मन का ब्लू प्रिंट देख रखा है जो किसी के पूछते ही तुरन्त बताया जा सके कि तुम्हें क्या पसन्द है, क्या नापसन्द। जो एकदम बता देते हैं, वे ज़्यादातर दूसरों की पसन्दों को देखकर अपने मन के ब्लू प्रिंट की कल्पना कर लेते हैं और दूसरे की पसन्द को अपनी मानकर जीवन गुज़ार ले जाते हैं। मैं ये नहीं कर सकती। मैं चुप रही। सुदीप्त में यही ख़ास बात है। उसे कहीं जाने की कोई हड़बड़ी नहीं है। वह सवाल पूछकर अपनी सिगरेट पीता रहा। मुझे चुप देख कर वह उठकर पार्क के दूसरे छोर पर बने छोटे-से तालाब में बतखें देखने चला गया। मुझे उसकी पीठ दिखती रही और बार-बार उसके मुँह की ओर जाती और लौटती उसके हाथों में फँसी जलती सिगरेट। अचानक मुझे कुछ सूझा और मैं अपना बैग उठाकर उसकी ओर भागी। उसके पास पहुँच कर मैं जैसे ही बोलने वाली थी कि वह बोला, 'देखो, कितनी ख़ूबऽऽऽ' मैंने झपटकर उसके मुँह पर हाथ रख दिया। सुना तूने स्नेहा, मुझे इतनी जल्दी थी कि मैंने उसके मुँह पर हाथ रखकर उसकी बात को आधे में ही रोक दिया। वह हक्का-बक्का मुझे देखने लगा और उसकी बची हुई बात उसके मुँह से लौटकर अन्दर के किसी और रास्ते से उसकी आँखों में पहुँचकर वहाँ से बाहर आने लगी। मैं हाथ रखे-रखे उसकी बात को उसकी आँखों में पूरा होते देखती रह गयी। उसने पूरी तरह अपने गाल फुलाये और जितनी तेज़ी से हो सका, धुँआ बाहर फेंका। मेरे हाथ जो अब तक उसके मुँह पर ढीले पड़ चुके थे, काँप कर अलग हो गये। वह बिल्कुल आहिस्ता से बोला, 'कहिए, क्या कहना चाह रही हैं?' मैं लाल होती हुई जल्दी से बोल उठी, 'मुझे नहीं पता!' वह चकित होकर बोला, 'आपको क्या नहीं पता?' 'मुझे यह नहीं पता कि मुझे पढ़ने की इच्छा होती है या नहीं!' 'यह तो बहुत अच्छा है, कम-से-कम आपको यह तो पता है कि आपको नहीं पता है। कल से आप लाइब्रेरी आ जाइए।' 'क्या?' 'भई, यह पता तो लगाना होगा कि आपको किताब पढ़ने की इच्छा होती है या नहीं।' मैं अगले दिन लाइब्रेरी पहुँची। सुदीप्त कहीं गया हुआ था। मैं चुपचाप एक मेज़ के पीछे बैठ गयी। लाइब्रेरी में कई बूढ़े लोग बहुत क़रीब से अख़बार पढ़ रहे थे। मैं भी अख़बार उठाकर पलटने लगी। वह मेरा घर पर पढ़ा हुआ अख़बार था। मुझे पढ़ा नहीं जा रहा था। मैं बार-बार सुदीप्त के चेम्बर की तरफ़ देख रही थी और चिढ़ रही थी। अजीब शख़्स है मुझे यहाँ बुलाकर ख़ुद ग़ायब हो गया। कहाँ गया होगा? उसे याद तो होगा कि उसने मुझे लाइब्रेरी आने को कहा है। वह ऐसा तो कर नहीं सकता, कहीं उसके साथ कोई दुर्घटना न घट गयी हो? मेरे मन में तरह-तरह के ख़यालों की लहरें उठतीं और बैठ जातीं। मैं बार-बार ख़ुद से कहती कि तू फ़िजूल चिन्ता कर रही है। इसी ऊहापोह में न जाने कहाँ से मेरे हाथ में कोई उपन्यास आ गया। मैं अपना ध्यान बँटाने के लिए उसे पढ़ने लगी। बड़ी अटपटी भाषा में वह शुरू हुआ था। लगता था किसी कोसी

नदी से जुड़ा क़िस्सा चल रहा है। अजीब-सी भाषा में सदियों पुरानी नदियों की कहानी कोई कह रहा था। मैं उसे पढ़ती गयी। उसमें अनजाने ही डूबती गयी। जैसे ही एक ऐसी जगह पहुँची जहाँ कोसी मैया निरुपाय पुकार रही है, 'कोई तो दीप जलाओ, कोई तो' और फिर जहाँ एक दूसरी नदी दुलारी दाय दीप लेकर खड़ी हो जाती है, मेरी आँखें भर आयीं। हाथों में खुली किताब पर टप टप आँसू गिरने लगे। मैं जल्दी से अपने दुपट्टे से पन्ने पोंछने लगी। जब आँखों के आगे से आँसुओं का परदा हटा, मेज़ के उस तरफ़ की कुर्सी पर बैठा सुदीप्त दिखायी दिया। वह बिल्कुल फुसफुसाते हुए बोला,

'क्या कुछ पता चला?'

मुझे पता चल चुका था।

ख़ुद मेरे सामने मेरे मन का ऐसा अहाता खुल चुका था जो मेरे लिए इतने बरसों तक बन्द रहा आया था।

जब वन्दना को मैंने यह सब याद दिलाने की कोशिश की, अपने दुख को ओट में करने के लिए उसने जो मुस्कराहट का झीना-सा आवरण अपने चेहरे पर डाल रखा था, हट गया। अब वन्दना मेरे सामने थी अपने दुख में डूबी हुई, बेलौस। जैसे मैं किसी क्षत-विक्षत देवता को देख रही होऊँ। वह दुखी थी यह कहना भाषा का दुरुपयोग होगा : वह दुखी भर नहीं थी, वह ख़ुद दुख थी। मानो वन्दना के नाक-नक़्श को धारण कर दुख ने स्वयं को प्रकट कर दिया हो। पूरा का पूरा। यह देखकर मैं घबड़ा-सी गयी।

दोपहर पूरी तरह छत से उतर कर उसके घर के सामने लम्बी होती जा रही थी। जैसे ही कुछ और पल बीते, मुझे ख़ुद अपने पर शर्म-सी आने लगी। उसे इस ओर बाँध कर लाना शायद मुमकिन ही नहीं था, वह पहले ही बहुत हद तक उस ओर जा चुकी थी।

सामने की पंक्ति के कोने की सीट पर एक व्यक्ति हमेशा बैठा मिलता, उसका सिर झुका रहता। मंच पर अँधेरा रहता, बाक़ी जगह भी लगभग अँधेरा ही रहता, उसी अँधेरे में पैरों से अपना रास्ता टटोलते दर्शक अपनी जगह ढूँढ़ते।

हॉल

महीने गिनना हॉल के वश की बात नहीं है। इतना ज़रूर है कि कई महीने और उनके पहले शनिवार बीत गये और 'शो' नहीं हुआ। उसे सब इसी नाम से पुकारते थे : 'शो'। मैं उन शनिवारों को सूना रहा आया। न वह लड़की आयी, न उसकी आवाज़ की भीतरी तह में काँपता उसके डर और संकोच का तार। न ढेरों क़दमों की आहट, न कप-प्लेटों की हलकी खड़खड़ाहट के बीच लोगों का हलके स्वरों में बात करना और हँसना। न फुसफुसाहटों से मेरे अन्तस का भरना, न अचानक एक पल में सब आवाज़ों के शान्त होते ही उस लड़की की काँपती आवाज़ का धीरे-धीरे मानो बादलों के पीछे से किसी ताँबई चन्द्रमा की तरह उभरना।

महीने के हर पहले शनिवार को चौकीदार आकर मंच पर झाड़ू लगाने की जगह उसके कोने में लेट जाता है। कुछ ही देर में उस थके मानुस के खर्राटे मेरे भीतर भरने लगते हैं। उसके खर्राटे की हर तान उस लड़की के झुके हुए सिर से झरते शब्दों को मेरी स्मृति में बिखेर जाती है। हुआ क्या है? वे सब कहाँ चले गये? इमारत होने की यही मुश्किल है कि आप कहीं जाकर यह पता नहीं कर सकते कि हुआ क्या है? यहाँ रहते हुए जितना कुछ जान लिया, बस उतना ही। पास लगे पेड़ सरसराते हैं हवा में, उन पर बैठी चिड़ियाँ चीखती हैं रह-रह कर, गिलहरियाँ मेरी दीवारों पर खेलती फिरती हैं पर ये सब भूले से भी यह नहीं बताते : हुआ क्या है? मुझे कहीं पास से, बिल्कुल पास नहीं, थोड़ी-सी दूरी से पानी का बहना महसूस होता है, शायद कोई नदी अपने शान्त बहाव में मग्न है। ऐसा लगता है वह पास नहीं, पर दूर भी नहीं है। हॉल के लिए जगहों का दूर होना, उससे क़दम भर बाद ही शुरू हो जाता है। उनके निकट कोई

नहीं। मेरे लिए सामने की सड़क भी बहुत दूर है। तुमसे किसी भी जगह या व्यक्ति की दूरी मीटर या किलोमीटर से नहीं, तुम्हारी सामर्थ्य से तय होती है। किसी के लिए चाँद भी क़रीब है और किसी के लिए मेरे भीतर से निकलकर पास के पेशाबघर तक जाना भी दूभर हो सकता है। स्टेज पर गवैया मेरे भीतर बैठा गा रहा था कि एक आदमी उठ खड़ा हुआ, और बाहर जाने को लड़खड़ाने लगा। वह अपने पैरों को बमुश्किल पेशाबघर की तरफ़ मोड़ रहा था। पर इस लड़खड़ाहट के बीच उसका ध्यान रह-रहकर गवैये की ओर भागा चला जा रहा था। वह बीस मीटर रास्ते को पन्द्रह मिनट में पूरा कर पाया। उन लोगों के साथ ऐसा क्या हुआ है कि उनके और मेरे बीच की दूरी इतनी बढ़ गयी है, वे ढेरों महीनों में उसे पार नहीं कर पा रहे हैं। इतना कुछ घटता रहता है मेरे भीतर, इतनी तरह के संगीत बजते हैं, इतनी तरह के नाच, इतनी तरह के भाषण, इतनी तरह की आवाज़ के रेशे तैरते रहते हैं, मेरे भीतर के आकाश में। सब में कोई न कोई कण गहरे आनन्द का होता ही है। कई बार ऐसे अनेक कण होते हैं, कई बार उन्हें ढूँढ़ना पड़ता है, कई बार वे किसी शोर में ओट हो जाते हैं पर वे होते हैं कहीं न कहीं, भले ही दर्शक-श्रोता की उत्सुकता में। वे होते हैं इसलिए मुझ पर बारिश या तपन या कड़कड़ाती ठण्ड असर नहीं कर पाती। सूखी पत्तियों की अहर्निश सरसराहटें परेशान नहीं कर पातीं। पर उसके 'शो' में आनन्द के अलावा कुछ और भी था। क्या था वह? मैं कह नहीं सकता। उस 'शो' में कुछ अलग-सा ज़रूर था। शायद उस में कुछ भंगुरता-सी थी मानो तुम्हारे सामने कुछ बहुत महीन-सा बुना जा रहा हो जो तुम्हारी छुअन भर से टूट जा सकता है, पर वह बना रहता था 'शो' के ख़त्म होने तक। मानो श्रोता उस महीन-सी बुनावट को अपनी साँसों की ठोकर तक से बचा रहे हों। वह शनिवार को होता था। मैं उसका लगभग हर दोपहर इन्तज़ार करता था। यह नहीं कि मुझे वह अलग से पसन्द था पर इतना ज़रूर है कि उसमें बोले गये शब्द मुझे मरहम की तरह लगते थे। वे मुझे आहत नहीं करते थे। वह हर बार ठीक समय पर होता था। पहले भागती हुई वह लड़की मेरा बन्द दरवाज़ा खोलती। उसकी आवाज़ से चौकीदार थकान छोड़कर झाड़ू लेकर मंच की ओर जैसे अपने आप चलने लगता। लड़की बालकनी की ओर भागती और वहाँ के डिब्बे में जाकर ध्वनि के सारे यन्त्र शुरू करती और दौड़कर नीचे आ जाती।

कई बार उसकी साड़ी की फरफराहट या उसकी चप्पलों की चट-चट सीढ़ियाँ चढ़ती या उतरती सुनायी देतीं। कई बार सिर्फ़ उसका हाँफना सुनायी देता। इस समय तक मंच साफ़ हो चुका होता। चौकीदार मंच के बाहर जाकर सारी बत्तियाँ जला देता। पीले प्रकाश का झरना उसके ऊपर गिरने लगता जिसमें उसका चेहरा चमकता, उस पर चढ़ी पसीने की पतली-सी परत से प्रकाश की किरणें फिसलती रहतीं। इस बीच चौकीदार मंच के बाहर से एक कुर्सी को खींचता हुआ मंच के ठीक बीच में रख जाता। लड़की उसकी ओर देखकर कई बार मुस्कराती, कई बार हँसकर कुछ

कहती। वह मुड़कर मंच के बाहर हो जाता और मंच के ठीक बीच की रोशनी तेज़ कर देता। कुर्सी तेज़ प्रकाश में तैरने लगती। लड़की उसे कम करने का आग्रह करती। चौकीदार उसे धीरे-धीरे कम करता और लड़की से पूछता जाता। अक्सर तभी मेरे सामने वाला दरवाज़ा बिल्कुल धीरे-से खुलता और एक लड़का-सा आदमी झुककर चलता हुआ भीतर आकर पहली पंक्ति की कोने की सीट पर चुपचाप बैठ जाता। उसके हाथ में बिनजली सिगरेट झूलती रहती। बार-बार वह जेब से माचिस निकालता और बार-बार उसे जेब में डाल लेता। कुछ देर वह इसी तरह बैठा रहता। भागती लड़की और टहलते चौकीदार की ओर देखता रहता। चुपचाप उठकर मेरे बाहर निकल जाता और अहाते के घने इमली के पेड़ के नीचे सिगरेट पीता खड़ा रहता। उसका धुआँ हवा में घुलकर मुझ तक पहुँचता रहता। मैं उसके वापस आने की राह ताकता। आज भी मैं उनके आने की राह तक रहा हूँ। वे क्यों नहीं आये? कहाँ चले गये? हुआ क्या है?

लोग आँखों के इशारे से एक-दूसरे को पास बैठने का आग्रह करते। कोई अकेला बैठा किताब खोलकर पढ़ने की कोशिश करता पर रोशनी की कमी के कारण उसे बन्द कर देता और सामने अँधेरे मंच की ओर देखने लगता।

वन्दना

उसे आवाज़ ही कहना होगा। हाँ, वह आवाज़ ही थी। रात होते न होते वह हलके-से मुझे घेरने लगती। मानो सेमल की रुई का उजला रेशा अँधेरे में तैरता हुआ आकर मुझे हर ओर से लपेट ले रहा हो। वह फुसफुसाहट से भी कम थी। मौन के इलाक़े के ठीक बाहर खिंची लहराती-सी कोई रेखा। पहले मुझे लगा था, मुझे भ्रम हो रहा है। मेरी इस हालत में भी कहीं भ्रम की कोई गुंजाइश बाक़ी है? मैंने सोचा, नहीं यह भ्रम नहीं है। बिल्कुल भी नहीं है। उसके चले जाने के मेरी छाती में गहरे तक धँसे शूल ने मुझे कुछ अधिक ही जगा दिया है। मानो वह मेरी छाती में धँसकर आँखों से बाहर आ गया हो। मैं ज़रूरत से अधिक जागी हुई हूँ, मुझे भ्रम कैसे होगा? नहीं, वह भ्रम नहीं था।

रात ही क्यों? वह आवाज़ रात ही में क्यों आती थी? कहीं ऐसा तो नहीं था कि रात में कीट-पतंगों के स्वर साफ़ सुनायी देते थे और उन्हीं के किसी संयोग से मुझे वह आवाज़ सुनायी देती थी? कौन जाने? मुझे वैसा नहीं लगा था। हो सकता है, रात के असंख्य महीन स्वरों में ही मैंने उस 'लगभग आवाज़' को सुनना शुरू कर दिया था। कौन जाने?

मुझे वह आत्मीय लगती पर मैं बता नहीं सकती थी कि वह किसकी है। शायद वह ऐसा अपनापन था जो किसी से जुड़ा नहीं था, किसी से बँधा अपनापन नहीं। कुछ वैसा जैसा पहाड़ी झरनों के मीठे पानी में होता है। अनजान बच्चे की बारीक़-सी मुस्कान में, पेड़ों की छाँव में होता है। एक ऐसी दिव्यता जो गली की धूल से लेकर आकाश के नीले कणों तक बिखरी रहती हो।

मैं रात होने का इन्तज़ार करने लगी कि मुझे वह आवाज़ सुनायी दी यानी अनुभव होने लगे। पता नहीं

कैसे, मैं जाने कितने दिनों बाद किसी का इन्तज़ार करने लगी थी। मैं सोचती, दिन जितनी जल्दी बीते, अच्छा। आकाश को ताकते हुए यह ख़याल आता कि ये झुण्ड के झुण्ड पक्षी इस क्षितिज तक फैले दिन को उठा ले जायें और चाँदनी के बारीक़ धागों से बुनी रात दोबारा बाहर निकल आये। उन दिनों जब स्नेहा आती, मैं उसे कुछ बताना चाहती और लगभग बोलने ही वाली होती, पर रुक जाती। कहीं उसे बताते ही मुझे वह फुसफुसाहट से कम सुनायी देती आवाज़ सुनायी देना बन्द न हो जाये। मुझसे वह भी न छिन जाये।

उसमें पुकार जैसा कुछ था। पुकार जैसा ही कुछ। मानो कोई बहुत दूर से, बादलों के, पहाड़ों के, झरनों के पार से पुकार रहा हो। मुझ तक आते-आते पर उसकी पुकार के शब्द इतने झीने हो जा रहे थे कि उन्हें सुनना लगभग नामुमकिन-सा था। मैं उसके आने की दिशा भी ठीक-ठीक तय नहीं कर पाती थी कि उसी ओर कान लगाकर सुनने की कोशिश करती या उस ओर चलना शुरू कर देती। तब भी देर रात घर से चुपचाप निकल जाती और अंदाज़ से किसी दिशा में चलने लगती। जब यह पाती कि वह पुकार स्पष्ट नहीं हो रही है, दूसरी रात दूसरी दिशा में जाती। बहुत दूर तक एक दिशा में चलने पर मुझे वह किसी और दिशा से आती लगती। उस दूसरी दिशा में जाकर यह महसूस होता कि वह किसी तीसरी दिशा से आ रही है। कई रात मैं अलग-अलग दिशाओं में भागती रही। उसकी तीव्रता किसी भी दिशा में न कम होती थी न ज़्यादा। हर दिशा में वह अलग तरह की आवाज़ों के बीच सुनायी देती मानो उसका परिवेश भले ही बदल गया हो, वह वही बनी रहती है जो वह थी : एक अबूझ आत्मीय कँपकँपाहट।

उस पुकार—या उसे जो भी कुछ कहूँ—में सान्त्वना जैसा कुछ था। नहीं, सान्त्वना ठीक शब्द नहीं, वह कुछ और ही था जो वह पुकार मेरे साथ कर रही थी। कुछ और जिसमें सान्त्वना भी थी पर उससे भी अधिक कुछ था। अन्तस को ठण्डक पहुँचाने का-सा कुछ। उसे सुनते-सुनते ही मैं भीतर तक शीतलता का अनुभव करने लगती। मानो मेरी छाती में धँसा शूल धीरे-धीरे भीतर ही घुल रहा हो। पर यह इसलिए नहीं कि मैं उसकी अनुपस्थिति से दूर निकल रही थी पर उस पुकार को रात-दर-रात सुनते रहने बल्कि महसूस करते रहने पर मुझे वह अपने कुछ अधिक ही क़रीब लगने लगा। मानो वह मेरी बगल में खड़ा मुझे देखकर मुस्करा रहा हो।

'क्या चल रहा है?'

कई बार रात में ही थककर आँख लग जाती। ऐसा कई महीनों बाद होना शुरू हुआ था। पलकें इसके पहले भी बन्द होती थीं पर मैं नींद की सतह पर किसी आवारा लकड़ी के टुकड़े की तरह तैरती रहती थी, कभी कोई लहर कहीं ले जाकर पटक देती, कभी कोई और लहर कहीं और। जागने पर आँखें सूजी होतीं मानो दुख के सारे थपेड़े आँखों ने ही सहे हों। पर अब नींद में गहरे जा पाती, बिल्कुल घुप्प

अँधेरे-सी नींद में जिसमें उसकी हर ओर फैली अनुपस्थिति सिमट कर एक ठण्डी बूँद में तब्दील होकर मेरे माथे पर टपकती रहती और उसकी ठण्डक मेरे सारे शरीर में फैलती रहती। वह ठण्डक मुझे सुबह जागने पर भी देर तक महसूस होती और मैं कुछ पल भूल ही जाती कि मैं अपने संसार को सूना छोड़कर ही नींद की घुप्प अँधेरी गहराई में गयी थी।

कई बार बरामदे से किसी के खिलखिलाने की आवाज़ भीतर हॉल में झरने लगती। कुछेक चेहरों पर मुस्कराहट आकार लेने लगती। लगता नहीं कि किसी ने यह कहा होगा पर सभी लोग पाँव दबाकर भीतर आकर चुपचाप अपनी सीटों पर बैठ जाते।

अलीम

पूरे ढाई बरस के बाद मैं शो में जा रहा हूँ। वन्दना जी ही करने वाली हैं और कौन करेगा। मुझे उन्हें देखे ही क़रीब दो बरस बीत गये। उस दिन उन्हें संयोग से ही देख सका था। वे स्नेहा का हाथ थामे सड़क किनारे चल रही थीं, मैं उसी सड़क से अपने अब्बा से मिलने अस्पताल जा रहा था। वे नीचे देख रही थीं। स्नेहा ने मुझे दूर से ही देख लिया। उसने झुककर वन्दना जी के कान में कुछ फुसफुसाया। मैं तब तक उनके कुछ क़रीब पहुँच गया था। वन्दना जी ने धीरे से आँखें ऊपर उठाकर मेरे चेहरे पर टिका दीं। उनकी नज़रें मानो मेरे चेहरे पर लड़खड़ा रही हों। मैंने हाथ जोड़े तो उन्होंने ज़ोर देकर मुस्करा दिया। बस उतनी ही मुलाक़ात थी।

लाइब्रेरी की चाबियाँ चौकीदार को सौंपकर मैं सीढ़ियाँ उतर रहा हूँ। कह नहीं सकता कि मन में ग़म तैर रहा है या कि ख़ुशी। शायद ग़म के दरिया में ख़ुशी की कुछ लहरें आकार ले रही हैं। सुदीप्त के न होने को जिस दिनचर्या में छुपा लिया था, आज वह एक बार फिर बेलौस सामने आने वाला था। पता नहीं मैं उसका सामना कैसे करूँगा। पर यह ख़ुशी भी है कि वन्दना जी इतने महीनों बाद एक बार फिर रोशनी के घेरे में बैठेंगी। एक बार फिर उनके हाथों में पन्ने फड़फड़ाएँगे। रास्ते में लाइब्रेरी की ओर जाते नवाब साहब मिल गये हैं। वे पूछते हैं, 'क्यों मियाँ आज जल्दी ही फ़ुरसत मिल गयी? क्या लाइब्रेरी बन्द कर दी?' 'नहीं साहब, लाइब्रेरी अच्छी-ख़ासी खुली हुई हैं, आप वहाँ तशरीफ़ ले जायें और उन अख़बारों से मिल आयें जो मेज़ पर फैले आपके मुन्तज़िर हैं!' 'और आप?' 'मैं वन्दना जी का शो देखने बल्कि

सुनने बल्कि देखने-सुनने जा रहा हूँ।' 'यह क्या चीज़ है मियाँ, हमें भी बताओ!' 'मैं आपको ज़रूर बताता पर अभी जल्दी में हूँ, आपके पास वक़्त हो तो आप मेरे साथ चल सकते हैं। वहाँ बैठकर ख़ुद-ब-ख़ुद समझ जायेंगे।' 'और मेरे अख़बार?' 'मैं आपके लिए आज के अख़बार कल तक संभाल लूँगा, आप चलिए तो सही।' नवाब साहब शतरंज के खिलाड़ी रहे हैं, उनके लिए ज़िन्दगी अनजानी चाल चलने का ही नाम रही है। मैंने उन्हें तरह-तरह की जगहों पर पूरी उत्सुकता से मौजूद देख रखा था। वे घुड़दौड़ में भी रुचि लेते थे और आप उन्हें उस्ताद ज़िया मोहिउद्दीन के वीणा वादन में भी अगली कुछ सीटों पर बैठा पा सकते थे। वे क्रिकेट के भी शौक़ीन थे और विश्वविद्यालय में आयोजित होने वाले गम्भीर भाषणों को भी बड़े ग़ौर से सुनने जाते थे। वे कहाँ के नवाब रहे थे, यह पता करने की ज़हमत मैंने कभी नहीं उठायी, पर यह मैं देख पाता था कि उनकी हर हरकत में ऐसा सलीक़ा हुआ करता है कि आपको न भी मालूम होता तो भी आप उन्हें नवाब ही कहते।

वे कल ही लाइब्रेरी आयी थीं। उनके हाथ में भारी-सा झोला था और लाल हुए चेहरे पर पसीना बह रहा था मानो उसने थोड़ा-सा सूरज सोख लिया हो। मालूम होता था कि वे तेज़ चल कर आयी हैं। वे मेरे चैम्बर दाखिल होते ही बोलीं, 'अलीम, तुम्हें कल शाम आना ही है।' 'आप बैठिए तो सही।'

'उसका समय नहीं है। तुम्हें कल आना है!' 'आ जाऊँगा पर कहाँ?'

'वही जहाँ मैं शो करती थी!'

सुदीप्त सर के जाने के बाद मैंने लाइब्रेरियन का चैम्बर थोड़ा-सा बदल दिया था ताकि जिस कुर्सी पर सर बैठते थे, वह ख़ाली भी रही आये और अलग से नज़र भी न आये। वन्दना जी ने मुझसे बात करते-करते ख़ाली कुर्सी की ओर नज़र घुमायी और अपनी आँखों को उसके पायों तक ले गयीं, वहाँ कुछ पल ठहरीं फिर मेरी ओर देखकर बोलीं,

'मैं शो फिर से शुरू कर रही हूँ।'

वे इस तरह बोल रही थीं मानो मुझसे बोलकर किसी और को सुना रही हों। यह कहते ही वे मुड़ी और लाइब्रेरी के बाहर हो गयीं। मैं उन्हें पुकारता रह गया पर वे 'फिर कभी', 'फिर कभी' कहते-कहते सड़क किनारे खड़े ऑटोरिक्शे में बैठीं और चली गयीं। मुझे लगा कि वे अपने को संभालने की ख़ातिर यहाँ से भागी थीं। सुदीप्त सर की ख़ाली कुर्सी ने उनके भीतर शायद तूफ़ान ला दिया होगा या शायद दुख का सैलाब। पर उनके चेहरे पर थोड़ी-सी चमक लौट आयी थी मानो घने बादलों के पीछे से अलस्सुबह का सूर्य चमक रहा हो।

'अब तो हम तुम्हारे साथ चल रहे हैं, मियाँ, अब तो बताओ हम कहाँ जा रहे हैं।'

नवाब साहब का धीरज चुकता नज़र आ रहा है। पर मैं उनकी ओर देखे बिना अपने में ही खोया-सा चलता जा रहा हूँ। हॉल आ गया। छोटा-सा हॉल जिसमें हर रविवार को शाम को अक्सर कोई बेहतर फ़िल्म दिखायी भी जाती थी पर शनिवार को यह हॉल हमेशा से ख़ाली पड़ा रहता है। सर ने इसीलिए वन्दना जी का शो इस दिन तय किया होगा। हॉल के छोटे-से अहाते में कुछ गाड़ियाँ, कुछ स्कूटर और कुछ साइकिलें टिकी हैं। कुछ लोग भीतर जा चुके हैं, कुछ बाहर टहल रहे हैं। नवाब साहब की आवाज़ फिर आ रही है,

'मियाँ अगर जल्दी न हो, एक प्याला चाय पीकर चलें!'

मैं भूल ही गया था कि शो के शुरू के कुछ पहले तक हॉल के बाहर श्रोताओं को चाय पीने का इन्तज़ाम किया जाता था। मैं ख़ुद मेज़ के पीछे खड़ा होकर चाय देने का काम करता था। इसी से मुझे यह एहसास होता था कि मैं भी इस काम में कुछ हाथ बँटा रहा हूँ। मैंने जैसे ही चाय की मेज़ की ओर देखा, वहाँ स्नेहा दिखायी दी। मैं नवाब साहब को साथ लेकर वहाँ पहुँचा। जब स्नेहा ने चाय का प्याला हमारी ओर बढ़ाया, मैं उससे बोला : 'आपने मेरे साथ नाइंसाफ़ी की है!'

स्नेहा ने एक प्याला नवाब साहब को पकड़ाया और बोली, 'आप शो देखने आये हैं या मुझ पर इल्जाम लगाने। अच्छा कहिए हमने ऐसा क्या किया है?'

मैं तपाक से बोल उठा, 'आपने मेरा काम अपने सुपुर्द कर लिया है और मैं नाकारा हो गया हूँ।'

स्नेहा हँसती हुई बोली, 'फ़िक्र मत कीजिए, आपका काम आपको दोबारा मिल जायेगा पर अगले शो में!'

'चलो अच्छा हुआ, आप ख़ुद मान गयीं वरना मैं नालिश करने का मन बना रहा था।'

'क्या मुझे चाय का प्याला नहीं मिलेगा, सिर्फ़ बातों के ज़ायके से ही काम चला लूँ?'

स्नेहा ने जैसे ही प्याला मेरी ओर बढ़ाया, अन्दर से दूसरी घण्टी की आवाज़ सुनायी दी। उसने प्याला वापस अपने पास खींच लिया और हँसते हुए बोली, 'चाय का प्याला आपकी क़िस्मत में नहीं है!'

मैं हड़बड़ाकर हॉल के दरवाज़े की ओर चल दिया। नवाब साहब ने भी आधी चाय प्याले में छोड़ दी और मेरे साथ हॉल के भीतर जाने लगे। वे चुपचाप सब कुछ देख रहे थे। उन्होंने कुछ भी पूछना कब का बन्द कर दिया था। शायद इसे ही तहज़ीब कहते हैं : किसी अनजानी घटना के खुलने का धीरज से इन्तज़ार करना। भीतर अभी उजाला है। हम तीसरी क़तार की सीटों पर बैठ गये। हमसे दो क़तार आगे नुआ को गोद में लिए मृदुला जी बैठी हैं। उनके आसपास कई लोग खड़े होकर उनसे धीमी आवाज़ में बात कर रहे हैं। नुआ चारों ओर सिर

घुमा रही है। बीच-बीच में मृदुला जी सामने देखने लगती हैं। उनका चेहरा खिला हुआ है और उनके बालों के बीच की सूनी माँग पर बहता नूर मानो नुआ के चेहरे पर गिर रहा है।

मंच पर छाया अँधेरा मेरी भीगती आँखों में हिल रहा है।

एक स्त्री हमेशा ही दोनों कन्धों पर भारी-भरकम थैले लेकर प्रवेश करती। उसके पीछे थका हुआ-सा एक आदमी भी आता। वह पहले पास की सीट पर अपने थैले रखती, फिर बैठती। थका हुआ-सा आदमी पास खड़ा उसे देखता रहता।

सुशीला

मैंने ही कहा था, 'वन्दो ज़रूर जायेगी,' अपने तेज़ स्वर से मैं ख़ुद चकित थी। किश, बिट्टू और ये सभी बैठे थे और वन्दना को एक बार फिर रोकने की योजना बना रहे थे।

बिट्टू कह रहा था, 'उसे जाने भर दो, फिर देखना कोई न कोई नया लफड़ा खड़ा हो जायेगा।'

किश चतुर है, वह चुप रहता है और अपनी ओछी बात बिद्दू को कहने देता है। जब बिद्दू वह बोल लेता है, किश चुपचाप बातचीत में किसी समझदार की तरह शामिल हो जाता है। हालाँकि वह चाहता वही कहना है जो बिद्दू अपनी मूर्खता में बोल चुका होता है। वह बड़े धीरे से बोला, 'अब यह शो दोबारा शुरू करने का क्या अर्थ है?'

वन्दो के पिता इस पर कुछ विचार करने लगे। वे शायद यह सोचकर कुछ सान्त्वना अनुभव कर रहे थे कि भले ही शो के बहाने पर वन्दना घर से बल्कि अपने कमरे से बाहर तो निकलेगी। पर बिद्दू और किश की राय उन्हें ठीक निर्णय लेने से रोक रही थी। वे भीतर ही भीतर डगमगा रहे थे। मैं रसोईघर में खड़ी सब्ज़ी बघार रही थी। मुझे लग गया कि इन्हें सीधे खड़े होने के लिए मेरी ज़रूरत है। मैंने गैस का चूल्हा बन्द किया और तेज़ी से बाहर आयी और बोल पड़ी, 'वन्दो ज़रूर जायेगी!'

ये मेरी ओर ताकने लगे। बिद्दू ने अपनी लगभग जलती आँखों से मुझे देखा। किश सिर झुकाये बैठा रहा।

'वह अपने पैरों पर खड़ी होने की कोशिश कर रही है और आप लोग उसे रोकना चाहते हैं। मैं यह नहीं होने दूँगी।'

बिद्दू कुछ बोलने को हुआ और मैंने बिना उसकी ओर देखे फिर कहा, 'तू चुप कर बिद्दू। कुछ समझता-बूझता नहीं, सिर्फ़ जुबान चलाता है।'

सोफ़े पर इन्होंने अपनी स्थिति बदली और बिल्कुल धीमे स्वर में बोले, 'क्या इससे हमारी बदनामी न होगी।'

मुझे ऐसे सवालों का अन्देशा पहले से था। उनके लिए मैं तैयार थी। मैं तुरन्त बोल उठी, 'इसमें हमारी बदनामी का क्या है? वन्दना एक शो कर रही है जिनमें दुनिया के जाने-माने लेखकों, कवियों और चिन्तकों की लिखी बातें लोगों को सुना रही है, इससे हमारी इज़्ज़त बढ़ेगी या घटेगी?'

इन्होंने मुझसे यह आशा नहीं की थी कि मैं वन्दना के लिए ऐसा कुछ तर्क दे सकती हूँ। सब चुप हो गये। किश नीचे देखता रहा और ये खिड़की पर आकर बैठी चिड़िया को देखने लग गये। चिड़िया कुछ देर खिड़की पर बैठी इधर-उधर गरदन मटकाती रही, फिर मानो उसे कुछ ख़याल आया और वह फुर्र से उड़ गयी।

बिद्दू बेवकूफ़ है, वह इस पर भी बोला, 'माँ तू समझती नहीं है।'

मैंने अपनी आँखों से बिद्दू को दुलारते हुए कहा, 'मैं समझती हूँ। वन्दो जहाँ चाहे, जायेगी।'

यह कहकर मैं मुड़ी और रसोईघर में गैस के चूल्हे को लाइटर की चिनगारी दोबारा दिखायी। कड़ाही में पड़ी सब्ज़ी ठण्डी हो गयी थी। मैं समझ गयी थी कि वन्दना अब जीवन भर यही करने वाली है। उसे इसी तरह सुदीप्त से निकटता महसूस हो पाएगी। मैं यह सोच-सोचकर चकित रह जाती थी कि कोई सम्बन्ध ऐसा भी हो सकता है जो वन्दो जैसी सीधी-सादी लड़की को इस तरह बदल दे कि उसकी उपस्थिति से तेज झरने लगे। हम इसे मानें या न मानें पर यह सच था कि सुदीप्त ने वन्दना के अन्तस का कोई ऐसा दरवाज़ा खोल दिया था जिसके पीछे प्रकाश की धारा बह रही थी। यह वही धारा थी जो वन्दो के चेहरे को, उसके पाँवों को, हाथों को भिगो रही थी।

मैं खाने की थाली लेकर दबे क़दमों से वन्दो के कमरे में पहुँची। वह किताबों से घिरी बैठी थी। मैंने किताबों के बीच जगह बना कर थाली रख दी। रोज़ की तरह वन्दो ने मेरी तरफ़ देखा, हलका-सा मुस्करायी और फिर से अपने काम में जुट गयी। मैं कुछ देर उसे देखती वहीं खड़ी रह गयी। उसके बाल उसके चेहरे के तीन ओर बिखर आये थे। सिर्फ़ आँखों के सामने की जगह ख़ाली थी पर वहाँ भी उसके कुछ बाल रह-रह कर आ जाते थे और वह लगातार उन्हें हाथों से सीधे हटाती जाती थी। मुझे लगा कि मैं आगे बढ़कर उसकी चोटी बाँध दूँ पर मैं जानती थी कि वह हम सब से बहुत अलग जा चुकी है, बहुत दूर और अब उससे मिलने हमें भी पर्याप्त मेहनत करनी होगी।

मुझे खड़ा देख उसने कुछ देर बाद सिर ऊपर उठाया और मेरी ओर देखती हुई बोली, 'हाँ, माँ!'

मैं घबड़ा गयी। मैं भूल ही गयी थी कि मैं वहाँ खड़ी रह गयी हूँ।

'वन्दो, क्या मैं भी तेरे शो में आ सकती हूँ?'

वन्दना ने हाथ की किताब ज़मीन पर रखी। मुँह में पकड़ा पेन उसके बीच रखा और मेरी ओर घूमकर बोली, 'तुम मेरे साथ चलना!'

'नहीं वन्दो, ऐसी मेरी हैसियत नहीं... ?' मैं कुछ रुककर बोली।

'मैं चुपचाप वहाँ आ जाऊँगी, कोई रोकेगा तो नहीं।'

वह मुझे देखती रह गयी। लगा वह बहुत कुछ कहना चाहती है पर फिर धीरे-से बोली, 'तुम्हे हॉल तो पता है?'

'हाँ पता है। तू अपना काम कर। मैं आ जाऊँगी। अपने आप।'

मैं बाहर खड़ी सबके भीतर चले जाने का इन्तज़ार करती रही। हॉल की जैसी ही तीसरी घण्टी बजी, सभी लोग धीरे-धीरे अहाते को छोड़कर भीतर चले गये। चाय की मेज़ के पीछे खड़ी स्नेहा भी हाथ पोंछते हुए वहाँ से हट गयी। हॉल के भीतर जाने के दो-तीन दरवाज़ों में से एक पर चौकीदार खड़ा था। मैं उसके पास जाकर धीरे-से बोली, 'भैया पीछे बैठने के लिए किस दरवाज़े से जाऊँ?'

उसने मुझे सुनकर अनमने भाव से एक दरवाज़ा खोल दिया। मैं आख़िरी क़तार के अँधेरे कोने में बैठ गयी। सामने की क़रीब पच्चीस-तीस क़तारों में तरह-तरह के लोग बैठे थे। जैसे ही कोई नया व्यक्ति आता, बैठे हुए लोग चुपचाप उसके गुज़रने की जगह ख़ाली करने लगते। वन्दो कहीं दिखायी नहीं दे रही। क्या उसे किसी ने फिर रोक लिया है? मेरे मन पर हलकी-हलकी शंका की छाया गहराने लगी। मैं उसे पीछे छोड़ सामने देखने लगी। मंच पर अँधेरे में डूबी सफ़ेद कुर्सी दिखायी दे रही थी। कुछ ही पल और बीते होंगे कि हॉल में अँधेरा छा गया। मंच पर खड़ी सफ़ेद कुर्सी पर ऊपर से प्रकाश पड़ना शुरू हुआ और कहीं पीछे से एक आवाज़ आना शुरू हुई। यह स्नेहा की आवाज़ थी। वह कुछ देर तक वन्दना के विषय में बोलती रही जो मुझे बहुत समझ में नहीं आया। वह दो पल रुकी फिर बोली, 'वन्दना जी आज समेत आने वाले सभी शो सुदीप्त की स्मृति में करेंगी। आपसे विनम्र आग्रह है कि आप दो मिनट के लिए उनकी स्मृति में खड़े हो जायें। यह इसलिए क्योंकि हो सकता है कि इस शान्ति में आपको अपने भीतर कहीं उनकी मुक्त खिलखिलाहट सुनायी दे जाये।' सारे लोग चुपचाप खड़े हो गये। मैं भी अपना पल्ला सिर पर संभाले अपनी सीट के सामने खड़ी हो गयी। वहाँ इतनी चुप्पी थी कि मैंने डर के मारे आँखें बन्द कर ली। मैंने देखा कि मैं फ्रॉक पहने सड़क पर दौड़ती जा रही हूँ। मैं दरअसल चील की मैदान के ऊबड़-खाबड़ पर पड़ती परछाईं को पकड़ने भाग रही हूँ। वह कहीं

रुकती ही नहीं और मैं भी भागती ही जा रही हूँ। मेरा पैर पत्थर से टकराता है और मैं गिरने को होती हूँ। कोई हाथ बढ़ाकर मुझे थाम लेता है और कहता है, 'माँ जी ध्यान से!' और वह ज़ोर-ज़ोर से हँसने लगता है। मैंने उस हँसी को थामे हुए आँखें खोल दीं : ओह! यह वही तो था। बिल्कुल वही।

प्रकाश के घेरे में रखी कुर्सी पर आकर वन्दना बैठ गयी है।

बाहर के वाहनों की आवाज़ें पिछले खुले दरवाज़े से रह-रह कर भीतर आती रहतीं। कार के हॉर्न, ट्रकों के पुराने इंजनों की आवाज़ें, साइकिल की खुरदरी-सी घण्टियाँ। दरवाज़ा बन्द होते ही सारी आवाज़ें बाहर ही बन्द रह जातीं।

लखना

लखना दिन गिनना भी भूल गया। दिन तब गिने जाते हैं, जब कोई उम्मीद हो पर साहब के जाने के बाद घर पर ऐसा शोक छा गया था कि बाहर आने का रास्ता ही दिखायी नहीं दे रहा था। मेम साहब का उतरा चेहरा न नुआ बीबी के सवालों से, न बुआ की ढाढ़स से और मेरी नासमझ समझाइशों से ठीक हुआ। वे तो जैसे पत्थर की मूरत में तब्दील हो गयी थीं। न कभी बाहर जातीं, न घर के बगीचे में ही घूमतीं। न फूलों को देखकर ख़ुश होतीं। साहब के होते मेम साहब ने हमें मार-मार कर माली बना रखा था। 'लखना, ये पौधा लाओ, वो बेल लगाओ। लखना, तुम जैविक खाद क्यों नहीं लाये? लखना, तुमने जास्मीन के पौधे में कितने दिनों से पानी नहीं डाला?' अब हमें पेड़-पौधों की उतनी जानकारी कहाँ थी जितना मेम साहब को शौक़ था। वे हमसे अक्सर पूछती थीं, 'लखना, तुम्हारे घर में खेती होती है, फिर तुम पेड़-पौधों के बारे में इतना कम कैसे जानते हो?'

लखना उन्हें क्या बताता कि हमारे घर पर खेती नहीं, खेतों में मजूरी होती रही है और उसमें तो हम बचपन में ही झोंक दिये गये थे, थोड़े बड़े हुए कि अपना देस छोड़ दिया। उसमें लखना कितना क्या सीख पाता। पर फिर भी हम जुटे रहते थे कि मेम साहब के चेहरे पर चमक बनी रहे। साहब के गुज़र जाने के बाद भी हम बगीचे में तरह तरह के पौधे लाकर लगाते रहे, उनमें रंगबिरंगे फूल खिलते रहे पर मेम साहब का उस ओर ध्यान ही नहीं जाता। हमें लगता कि फूल तरस गये तब भी उन्हें मेम साहब ने देखा तक नहीं। वे अपने में ही कहीं खो गयी हैं। बिना कुछ बोले नुआ को स्कूल के लिए तैयार करती हैं, बिना कुछ कहे उसका हाथ

पकड़कर हमारे हाथ में देती हैं कि हम उन्हें स्कूल बस तक पहुँचा आयें। नुआ के आने पर चुपचाप उसके कपड़े बदलती हैं और उतनी ही ख़ामोशी से उसे हाथ से खाना खिलाती हैं। नुआ बीबी इस बीच लगातार कुछ कुछ बोलती रहती हैं जिस पर मेम साहब 'हाँ', 'हाँ', करती रहती हैं। नुआ बीबी को भी पता है कि मेम साहब हमेशा कुछ और ही सोच रही होती हैं। बच्चे यह तुरन्त समझ जाते हैं कि आप उनकी बातों पर कान नहीं दे रहे। फिर ये तो नुआ बीबी हैं, साहब के जाते ही इनकी समझ जाने कितनी फैल गयी है। मेम साहब की बेख़बरी पर भी नुआ बीबी मेम साहब से कुछ न कहतीं। उन्होंने किसी भी तरह की ज़िद करना भी क़रीब-क़रीब छोड़ दिया है। वरना साहब की नाक में तो वे दम कर डालती थीं। 'हमें बुआ के घर ले चलो,'... 'हमें पार्क जाना है!'... 'हमें पहाड़ पर खड़े होकर रात की बत्तियाँ देखना हैं।'

साहब उनकी हर बात मानते थे। कभी उन्हें लेकर पुस्तकों की दुकान में जा रहे हैं, कभी पहाड़ की चोटी पर उन्हें कन्धों पर बिठा कर ले जा रहे हैं। मेम साहब नुआ बीबी को समझाने की कोशिश करतीं तो साहब कहते, 'नुआ नहीं मानेगी, वह बुआ के घर ज़रूर जायेगी।' नुआ बीबी की वह ज़िद कहाँ चली गयी? क्या साहब की मौत उनके इतने भीतर तक चली गयी है कि वहाँ से ज़िद पैदा होना ही ख़त्म हो गया। हमें भले लगता हो कि बच्चों पर मौत का उतना असर नहीं होता पर लखना को लगता है कि बच्चे मौत को किसी ऐसी गहराई में सोख लेते है जहाँ से वह केवल उन्हें गर्म भाप की तरह महसूस होती रहे।

हम बगीचे में काम कर रहे थे कि बरामदे से मेम साहब के सुबकने की आवाज़ आयी। फूलों की क्यारियों से सिर उठाकर देखा। वे किस के गले लगकर रो रही थीं। हम बैठे ही बैठे कुछ पास गये। सामने मेम साहब वन्दना जी से गले लगकर आँसू बहा रही थीं। हम कुछ देर यह देखते रहे, फिर देखा कि बगीचे के दूसरे छोर से नुआ बीबी दौड़ती हुई बरामदे में जा रही हैं। हम चिल्ला उठे, 'नुआ बीबी, आप कहाँ थीं?'

हमारी आवाज़ सुनते ही मेम साहब वन्दना जी से अलग हो गयीं। दोनों जल्दी-जल्दी अपनी आँखें पोंछने लगीं। हमने देखा जैसे ही नुआ बीबी उनके पास पहुँचीं, वन्दना जी ने उन्हें गोद में उठा लिया। मेम साहब दोनों को लेकर भीतर चली गयीं। हम पीछे से रसोईघर पहुँचे और चाय लेकर बैठक में ले गये। मेम साहब वन्दना जी का हाथ पकड़कर बैठी थीं, नुआ बीबी पास की कुर्सी से कूद ज़मीन पर आतीं और फिर कुर्सी पर चढ़ जातीं। 'मम्मा मैं तालाब में कूद रही हूँ' यह कहतीं और कूद जातीं। 'अब आप तालाब में तैरकर थक गयी हैं, अपना दूध पी लीजिए।' वन्दना जी ने ट्रे से दूध का गिलास उठाया। मेम साहब के चेहरे पर मुस्कराहट खिल गयी। पूरे साल भर बाद इस घर में मुस्कराहट फैली थी। हम वापस बगीचे में चले गये।

आधा-पौन घण्टे बाद जब वन्दना जी बाहर आयीं, उनकी गोद में नुआ बीबी सवार थीं। मेम साहब उन्हें छोड़ने फाटक तक आयीं और नुआ बीबी वन्दना जी की गोद से उतर कर मेम साहब के पैरों से लिपट खड़ी हो गयीं।

'हम ज़रूर आयेंगी!'

वे वन्दना से कह रही थीं।

सब ओर अँधेरा छा जाता। सिर्फ़ आपस
में टकराती साँसों की सरसराहटें।

स्नेहा

पहले मुझे भरोसा नहीं हुआ। मैं चुपचाप उसकी ओर देखती रही मानो वह मुझसे खोखले शब्द बोल रही हो। मानो उसके बोले हुए शब्दों में सिर्फ़ ध्वनि हो। मेरे भीतर एक कौंध में उसके पिछले दो-तीन बरस निकल गये : उसका छत पर घण्टों अकेले बैठकर आकाश ताकना, उसका बिना इधर-उधर देखे सड़क पर चलना और मेरे साथ होने के बावजूद घण्टे भर तक बिल्कुल चुप रह जाना, बिखरे बालों को सुलझाते हुए, उन्हें आधे में ही छोड़कर कैसी भी चोटी बना लेना, उसका माथे की बिन्दी बिना आईना देखे माथे पर ग़लत जगह लगा लेना, उल्टी किताब पकड़कर देर तक बैठे रहना। मैं उम्मीद हार चुकी थी। मुझे लग रहा था कि शायद इसका इलाज कराने इसे किसी मनोचिकित्सक के पास ले जाना होगा। या शायद इसे किसी दूर-दराज के 'एसाइलम' में भरती करना पड़े। उसके ठीक होने के आसार कई महीनों से नज़र ही नहीं आ रहे थे। मैं उसके घर जाती, उसके पास कुछ देर बैठती और उठकर आ जाती। मेरे जाने पर न वह ख़ुश होती, न बेचैन। उसके लिए मानो सारा संसार किसी दीवार के पीछे छिप गया था और उसी दीवार पर सिर टिकाये वह दिनोंदिन बैठी रहती। मैंने भी धीरे-धीरे उसके पास जाना कम कर दिया। मुझे लगा था कि हो सकता है वह अपने अकेलेपन में उससे बाहर आने का कोई मार्ग ढूँढ़ निकाले। अगर वह सुदीप्त के जाने के बाद इतने दिनों तक किसी भी तरह जीवित रही आयी थी तो, यह पक्का था कि उसके भीतर कोई राग, कोई जुड़ाव अभी तक धड़क रहा था।

कई महीनों के अन्तराल के बाद मैं उसके पास गयी। वह छत पर नहीं थी। मैं नीचे उतरी और उसके

कमरे में चली गयी। वह किताबों से घिरी बैठी थी। उसके बालों पर खिड़की से आती सुबह की धूप फिसल रही थी, मुँह में पेन दबा था, गोद में तीन-चार किताबें खुली रखी थीं और चेहरे की उदासी कुछ पीछे चली गयी थी। उसका स्थान उत्सुकता ने ले लिया लगता था। मेरे कमरे में आने का उस पर कोई असर नहीं हुआ। उसने किताब पर नज़र गड़ाये रखी। कुछ देर बाद उसने किताब की कुछ पंक्तियों को काग़ज़ पर लिखा और फिर पेन मुँह में दबा लिया। मैंने उसके कन्धे पर हाथ रखा। वह मेरी ओर चौंक कर मुड़ी और मुस्करा दी। पेन मुँह से फिसल कर गोद में जा गिरा। मैंने अपने दोनों हाथ उसके दोनों गालों पर रख दिये।

'मैं शो कर रही हूँ!' वह ज़ोर से बोली। फिर यह जान कर कि वह कुछ ज़्यादा ही ज़ोर से बोली गयी है, वह धीरे-से बोली, 'मै शो कर रही हूँ।'

मुझे अपने कानों पर भरोसा नहीं हुआ इसलिए मैं कुछ बोलने की जगह चुपचाप उसे देखती रही।

'मैं सोच ही रही थी कि तू आ जाये। हॉल बुक कराना है उसी दिन के लिए। तुझे याद है न! महीने का पहला शनिवार। उनसे यह कहना होगा कि अब से शो हर महीने इसी दिन हुआ करेगा। पता नहीं उन्होंने वह दिन किसी और को न दे दिया हो। लोगों को यह ख़बर भी देनी है। वैसे तो सुदीप्त अख़बारों में भी ख़बर देते थे पर पता नहीं, वैसा हो पाएगा या नहीं। तू यह कर पाएगी न! या मैं चलूँ तेरे साथ। पर कैसे चलूँ, मुझे अभी कई किताबों से उद्धरण छाँटना बाक़ी है। पर इस बार एक विशेष बात करने की कोशिश कर रही हूँ....'

वह लगातार बोलकर फ़ुर्सत होना चाहती थी। या शायद वह इतनी जल्दी इसलिए बोल रही थी कि वह नहीं चाहती थी कि उसके वाक्यों के बीच के अन्तराल से दोबारा दुख का प्रवेश हो जाये। मैं उसकी ओर देखती रह गयी। मानो मेरे सामने पत्थर की मूरत बोल उठी हो।

'तू पूछेगी नहीं कि इस बार क्या विशेष है?'

मैं सोच में पड़ गयी। मैं सिर्फ़ वन्दना की आवाज़ सुन रही थी, उसमें आकार लेते अर्थों को नहीं।

'बताओ क्या विशेष है?' मैंने उसी के सवाल से सवाल बनाकर पूछ लिया।

'इस बार के शो में मैं सुदीप्त के कहे कुछ वाक्य भी शामिल कर रही हूँ।'

यह कहते ही उसके चेहरे पर ख़ुशी की बारीक़-सी परत फैल गयी। क्या यह उसका उसके निकट जाने का कोई नया मार्ग था?

वह फिर बोली, 'स्नेहा! अब तू जा। तुझे बहुत से काम जो करने हैं। मैंने जो-जो भी कहा है, वह सब कर डाल। मैं भी शो की बाक़ी बची तैयारी में जुटती हूँ।'

उसने अपनी गोद में पड़े पेन को दोबारा मुँह में दबा लिया और पास की किताबों को खोलकर कुछ पढ़ने लगी। मैं चुपचाप उठी, उसके कामों को याद करने की कोशिश करती हुई बाहर जाने लगी। पीछे से उसकी आवाज़ आयी :

'चाय का इन्तज़ाम करना भी मत भूलना।'

मैं चलते हुए मुड़ी और उसकी ओर देखकर मुस्करा दी। उसका सिर झुका था। वह पन्नों पर लौट चुकी थी। धूप उसके बालों पर चमक रही थी।

चौकीदार बरामदे की सीढ़ियाँ उतरकर बच्चों की रखवाली कर रहे माली के पास पहुँच उसके आगे हाथ फैला देता। माली उसमें बीड़ी का पुड़ा और माचिस रख देता।

मृदुला

जब वह भीतर आकर फाटक बन्द कर रही थी, उसकी पीठ दिखायी दी। पहले मुझे विश्वास नहीं हुआ कि ये वो हो सकती है। जब वह मुड़ी, वह वही थी। मैं उसे देखते ही पीछे मुड़कर घर में गुम हो जाना चाहती थी। पर यह सोचकर खड़ी रह गयी कि उसने शायद मुझे बरामदे में खड़ा देख लिया होगा। वह सिर झुकाकर बरामदे की ओर आ रही थी। उसकी चाल में झिझक थी मानो वह किसी तरह अपने को इस ओर ठेल रही हो। या शायद सुदीप्त की गाढ़ी अनुपस्थिति में उसे आगे बढ़ने में कठिनाई हो रही थी। या शायद वह तय नहीं कर पा रही थी कि उसे मुझसे मिलना है या नहीं। मुझे लगा कि मुझे ही उसकी मदद करनी होगी। इससे वह भी आगे बढ़ पाएगी और मैं भी कुछ हलका महसूस करूँगी। सीढ़ियों पर आकर धूप ठहर गयी थी। नीम के गिरे हुए पत्ते भी वहीं फैले थे। ज़मीन पर हलका-सा पीलापन बिखर गया था। कोई चिड़िया रुक-रुककर बोल रही थी। मैंने जैसे ही अपना पाँव सीढ़ी पर रखा, वन्दना ने सिर ऊपर उठाया। अब मैं अपने को रोक नहीं पायी। भागकर उसके पास गयी और बिना उसकी आँखों में झाँके उसका हाथ पकड़कर उसे बरामदे में ले आयी और उसे गले से लगा लिया। हमारी सुबकने की आवाज़ अधिक घनी हो पाती, इससे पहले ही बरामदे के दूसरे छोर से दौड़ती हुई नुआ आ गयी। हमने अपने गाल पोंछ लिये। वन्दना ने आगे बढ़कर नुआ को गोद में उठा लिया। नुआ भी उसके गले लग गयी। वे बातें करना शुरू करते, इससे पहले ही मैं भागकर रसोईघर में चली गयी। मैंने तेज़ी से चाय बनायी, ढेरों डिब्बे खोलकर उनमें से कुछ विशेष क़िस्म के बिस्कुट तश्तरियों में रखे और ये सारी चीज़ें ट्रे में रखकर बाहर आ ही रही

थी कि पिछले दरवाज़े से लखना आ गया। उसने मुझे पूरे विनय से देखा। मैंने एक नज़र उस पर डाली और एक प्लेटफ़ार्म पर रखी ट्रे पर और बाहर आ गयी।

'तुम चलोगी?' वन्दना नुआ से कह रही थी।

'हाँ, चलूँगी,' नुआ ने जवाब दिया। नुआ की आवाज़ हवा में तैरती हुई मेरे कानों के पर्दों से टकरा गयी।

इतने में लखना चुपचाप आकर ट्रे मेज़ पर रख गया। मैंने वन्दना को बैठने का इशारा किया और बोली, 'आप लोग कहाँ जाने वाले हैं?'

नुआ ने मेरी ओर देखा और बोली, 'अम्मा, मैं शो में जाऊँगी। चली जाऊँ वन्दना दीदी के साथ? बोलो न, चली जाऊँ?'

शो! यह वही जगह है जहाँ मैं चुपचाप वन्दना और सुदीप्त पर नज़र रखने जाया करती थी और इससे पहले कि वह ख़त्म हो, वहाँ से उठ जाती थी। शो, जो मैं हमेशा चाहती थी कि बन्द हो जाये पर जो मेरे लिए सुदीप्त और वन्दना के बीच के धागों को टटोलने की एकमात्र खिड़की थी। शो, जिससे उसे कितना सन्तोष मिलता था। नुआ चली भी जाये तो क्या हर्ज है? उसे मैं क्यों रोकूँ?

'तुम चली जाना, नुआ!'

वन्दना ने नुआ को चारों ओर से अपने हाथों से बाँध रखा था। उसका चेहरा नुआ के खुले बालों पर रखा था। वह आँखें बन्द किये बैठी थी। मैंने बाहर की ओर नज़र घुमायीं कि मुझे वन्दना की आवाज़ सुनायी दी।

'मृदुला जी, क्या आप समय निकाल सकेंगी? आप के आने से मुझे बहुत सन्तोष होगा!'

वह अभी भी नुआ के बालों पर चेहरा धरे है। उसकी आँखें खुल गयी हैं। वह मुझे देख रही है पर सीधे मेरी आँखों में नहीं बल्कि मेरी आँखों के पास ही कहीं उसकी आँखें टिकी हैं। मैं कैसे जाऊँगी? पहले सबसे छिपकर पिछली सीट पर बैठी रहती थी और अब?

नहीं, मैं नहीं जाऊँगी। क्यों नहीं जाऊँ? मैंने ऐसा क्या किया है जिसके कारण मैं छिपूँ? क्या सुदीप्त का मेरी ओर देखना तक मुझे आनन्द से भर नहीं देता था? क्या मेरे उसकी ओर झुकाव का ख़ुद मेरी नज़र में कोई मोल नहीं? क्या वह उसके जाने से ज़रा भी कम नहीं हुआ है? मुझे अब नयी ज़िन्दगी शुरू करनी है, सुदीप्त के साथ नया रिश्ता बनाना है। वह तभी बन सकता है जब मैं उसके बनाये संसार को सँवारने की कोशिश करूँ या कम से कम उसमें विहार करूँ। हाँ, शो ही वह जगह है जिससे मुझे नये सुदीप्त तक जाने का रास्ता मिल सकेगा। शो ही वह सीढ़ी है जिससे उसके पास तक या कम-से-कम उसकी छाया तक जा सकूँगी। मैं ज़रूर जाऊँगा। कोई चाहे तो इसे बेशर्मी कहे, कोई चाहे तो कुछ और कहे। मुझे उस तक पहुँचने का रास्ता ख़ुद ढूढ़ना है बल्कि बनाना है।

'कब है?' मैंने सुना, मैंने यह कहा।

वन्दना की आँखें मेरे आँखों पर आकर टिक गयीं। उसकी आँखें भर रही थीं, मेरी भी। मैंने ज़ोर देकर अपने को रोका। वह नीचे देखकर बोली, 'शनिवार को शाम सात बजे, सर्दियाँ हैं थोड़ा-सा अँधेरा घिर आयेगा!'

वह अचानक चुप हो गयी। नुआ को गोद में लेकर ही वह उठ खड़ी हुई और मुड़कर चलने लगी। बरामदे में टहलकर जब वह वापस आयी, उसकी चाय के ऊपर पतली-सी कत्थई परत फैल गयी थी।

'चाय ठण्डी हो गयी,' मैं बोली।

उसने नुआ को फ़र्श पर खड़ा किया और चाय का प्याला हाथ में ले लिया। उसने नुआ के हाथ में कुछ पन्ने पकड़ाये और कहा, 'तीन-चार बार इन्हें ज़ोर-ज़ोर से पढ़ लेना! ठीक!'

नुआ आँखें मटकाते हुए बोली, 'ठीक!'

लखना हमें हॉल तक छोड़ आया। वह सारे रास्ते नुआ को गोद में लिये रहा। नुआ ने अपने पन्ने मुझे पकड़ा दिये थे और ख़ुद लखना के गले से लटकी हुई थी। हॉल के अहाते में पहुँचने से पहले ही नुआ नीचे उतर गयी। लखना लौटने लगा। मैंने उसे इशारे से हॉल के भीतर बैठने को कहा। वह सकुचाता हुआ पीछे की अँधेरी-सी सीट पर बैठ गया। मैंने नुआ के पन्ने उसी के हाथ में पकड़ा दिये। मैं धीरे-धीरे अन्दर जाने लगी। मेरे क़दम मुश्किल से उठ रहे थे। सामने एक मेज़ के चारों ओर कुछ लोग इकट्ठा थे। स्नेहा एप्रिन पहने सबको चाय के प्याले पकड़ा रही थी। मुझे देखते ही वह बाहर आयी, मुझे हाथ पकड़ कर मेज़ के क़रीब ले गयी, और मेरे हाथ में चाय का प्याला पकड़ा दिया। सुदीप्त के कई दोस्त वहाँ दिखायी दे रहे थे। मैं पास ही पड़ी कुर्सी पर बैठ गयी। सुदीप्त के कुछ दोस्त आकर मुझे 'नमस्ते' कर मुझसे बात करने लगे। मुझे कुछ सुनायी नहीं दे रहा था। पर मैं शिष्टतावश अपना सिर हिला दे रही थी। पहली घण्टी जैसे ही बजी, स्नेहा भागकर मेरे पास आयी और बोली, 'मृदुला जी, आप भीतर चलिए।'

मैंने चारों ओर देखा, नुआ कहीं दिखायी नहीं दी। मैं हॉल के अहाते में गयी, देखा, नुआ किसी लड़की से बात कर रही है। हम भीतर आ गये। मैं धीरे-धीरे आगे की पंक्ति की ओर बढ़ रही थी और तीसरी या चौथी पंक्ति की सीटें पर बैठने का विचार कर रही थी कि नुआ की उम्र की एक बच्ची ने मेरा हाथ पकड़ा और हमें पहली पंक्ति की सीटों पर बिठा दिया। नुआ मेरे बैठते ही मेरी गोद में आ गयी। उसका लाल रिबन मेरी नाक से टकराने लगा।

मंच पर अचानक रोशनी का घेरा गिरता है। चमकीले पीले घेरे में बैठी लड़की के हाथ में काग़ज़ काँपते हैं। उसकी आवाज़ धीरे-धीरे उभरना शुरू होती है मानो उसके गले से गुज़रती हवा जगह-जगह तराशी जा रही हो...

नुआ

मैं तो अम्मा की गोद में बैठी थी। बार-बार मुड़कर देखती कि लखना कहाँ बैठा है। अम्मा ने धीरे से कान में कहा, 'नुआ! वह पीछे बैठा है, यहाँ से दिखायी नहीं देगा। अच्छा सबसे पीछे देखो, ध्यान से देखो। दिखा कुछ? वही लखना है।'

'उसे ठीक से बिठा दिया था न?' मैंने पूछा। अम्मा कहीं खोयी हुई थीं। उन्होंने मेरा सवाल सुना नहीं।

सामने मंच पर अँधेरा है। कोई मंच के पीछे से वन्दना दीदी के बारे में कुछ बोल रही है। बाबा का नाम भी ले रही है। अचानक सब खड़े हो जाते हैं। मैं आँख बन्द कर लेती हूँ। माँ, मुझे गोद में उठा रही है। मैं थोड़ी-सी आँखें खोलती हूँ। वह मुझे वन्दना दीदी की गोद में दे रही हैं। दीदी मुझे उठाकर मंच की ओर जा रही हैं। मैं दोबारा आँखें बन्द कर लेती हूँ।

सामने से बाबा चले आ रहे हैं।

वे मेरे कानों में फुसफुसाते हैं, 'नुआ, डरना नहीं...हर शब्द को ऐसे बोलना धीरे-धीरे कि हरेक का स्वाद तुम्हारी जीभ पर आये।'

'बाबा स्वाद?'

'हाँ, बेटा, स्वाद!'

मुझे वन्दना दीदी के पास की कुर्सी पर बिठाया गया है। मेरे हाथों में कुछ पन्ने फड़फड़ा रहे हैं। वन्दना दीदी मुस्कराते हुए मुझे देख रही हैं। बाबा मेरे कन्धों को हलके-से सहला रहे हैं।

प्रकाश में घेरे में बैठी लड़की के होंठ नहीं के बराबर खुलते और एक मद्धिम-सी आवाज़ निकलकर माइक से टकराती और हर श्रोता के कान के पास तितली की तरह फड़फड़ाने लगती। उस शाम मानो यह तितली रुक-रुक कर फड़फड़ा रही हो : 'आज अन्त में मैं आपको उस व्यक्ति का कहा सुना रही हूँ जिसने हमारे शहर में इस कार्यक्रम की कल्पना की थी।... प्रेम अनन्त में भागीदारी का नाम है। मृत्यु इसीलिए उसे बाँध नहीं पाती। उसमें शामिल हो जाती है...',

लखना

साहब ही थे। वही तो थे। दिखायी नहीं दे रहे थे। बिल्कुल भी नहीं। पर थे। साहब ही थे वही तो। नुआ बीबी बीच-बीच में पन्नों को देखकर कुछ पढ़ती थीं। उनकी बोली में लगता था कोई बिल्कुल ही पहचानी आवाज़ बोल रहा है। बिल्कुल ही पहचानी। किसकी है यह आवाज़ ? है किसकी ? साहब ! अरे ! यह उन्हीं की आवाज़ है। सिर्फ़ नुआ बीबी की बोली में ही नहीं, वन्दना जी की आवाज़ के पीछे भी साहब दिखायी दे रहे थे। ये क्या खेल है भगवान तुम्हारा? साहब मर कर भी ज़िन्दा हैं। सब उन्हें सुन रहे हैं, सब उन्हें महसूस कर रहे हैं। लखना को ये तो पता था कि कितनी तरह से आदमी जाता है, जाता है परलोक पर यह हम आज ही देख रहे हैं कि उसे ज़िन्दा कर देने का भी एक ढंग है।

लखना भागकर मेमसाहब के पास जाना चाहता था। मेमसाहब को बताना चाहता था, मेम साहब, साहब गये नहीं है, यहीं कहीं हैं, लखना ने आज उन्हें सुना है, नुआ बीवी की खिली हुई, वन्दना जी की काँपती-सी आवाज़ में। वे ही बोल रहे थे, सुन रहे थे, सिर हिला रहे थे। मेम साहब, ये क्या लीला है!

लखना जाये कैसे। साहब ने देख लिया कि लखना बीच में उठकर जा रहा है तो पता नहीं क्या हो। डाँट शायद न पड़े, साहब जैसे शरीफ़ आदमी के चेहरे की टेढ़ी भौंहें ही लखना के दिल में गड़ जाती हैं।

न, न लखना को समझ में कुछ नहीं आ रहा था पर बोली में भी ताक़त होती है। फिर ये तो साहब की बोली थी, इसमें तो दुलार कूट-कूटकर भरा था। हाँ दुलार। लखना को सिरफ़ रह-रह कर यही सुनायी दे रहा था,

केवल यही सुनायी दे रहा था :

'लखना, तुम ख़ुद को लखना क्यों कहते हो!'

'लखना तुम ख़ुद को... !!'